# 僕と彼女の左手

辻堂ゆめ

中央公論新社

目次

# 僕と彼女の左手

彼女が、ふわりと、鍵盤（けんばん）に左手をのせる。

音の粒（つぶ）が耳に流れ込んできたとき、僕のまぶたの裏に浮かび上がってきたのは、風にそよぐ春の日の洗濯物（せんたくもの）だった。


——たぶん彼女は気づかなかったのだろう、と思う。

知らないのなら、それでいい。なかったことにすればいい。

僕の〝秘密〟は、せっかく流れ始めた幸せな音楽をわざわざ止めてしまうような、そういう類（たぐ）いのものなのだから。

# プレリュード　～前奏曲～

——お父さん。

他でもない僕自身の声が、頭の中から聞こえた。

——お父さん、お父さん。

身体中の血が波打つたびに、同じ言葉が繰り返される。

声は、ずっと止まない。

煙とも埃ともつかない灰色の空気が、辺り一面に立ち込めていた。それを押しのけようと、僕はふらふらと立ち上がった。壁だと思って手をついたところは、さっきまで頭上にあったはずの冷房の送風口だった。足の下で、粉々になった窓ガラスがジャリジャリと音を立てた。

腰を屈めたまま、ひしゃげた狭い空間の中で目を凝らした。舞っている塵の向こうには、動いているものがほとんど何も見えなかった。

左手に固く握ったままになっていた黄緑色のフリスビーを、ほんの少し迷ってから放り捨てる。

倒れている人や突き出ている金属の棒を踏まないように、注意を払いながら前進した。斜めに傾いだベビーカーを見つけ、中を覗いた。小さな赤ちゃんが、ベルトで括りつけられたまま、目と口を開いて固まっていた。手を伸ばして、少し傷ついたその肌に触れる。

柔らかくて、温かかった。

ベルトを外し、赤ちゃんを胸に抱き寄せた。そのまま持ち上げて、声が聞こえる方向へと運んでいく。複数の大人が、怒鳴り合っている声だった。何を言っているのかはよく分からなかった。僕の頭の中は、自分の声とその反響だけで、隅から隅まで埋まっていた。

日に焼けた大人の手が、目の前に差し出された。ようやく泣き出した赤ちゃんをその手に託すと、僕は引き寄せられるようにして、閉じられた空間の中へと舞い戻った。

——お父さん。

すぐそばに、背中を丸めてうずくまっているおばあさんを見つけた。肩に手をのせると、小刻みな震えが伝わってきた。

顔も見ないまま、おばあさんの両脇に腕を差し込んだ。後ろから抱え上げたその身体は、驚くほど軽かった。光のほうへと引きずっていき、壁と壁の間から突き出ているオレンジ色の布地に包まれた腕へと、おばあさんを手渡した。

――お父さん、ねえ、お父さん。

緑色の布で覆われた物体の間に挟まれている女性を見つけた。何かに向かって、懸命に腕を伸ばしている。瓦礫の上をつまずきながら歩いていって、その腕をつかんだ。あなたじゃない、あなたじゃなくてあの子なの、と女性は激しく首を横に振る。そんなことには構っていられない。僕はそのまま彼女を引っ張り出した。

渾身の力で女性の身体を引きずっていくと、今度は壁からオレンジ色の服を着た男の人の頭が突き出ていた。喚いている女性をその場に置いて、僕はもう一度、薄暗い空間のさらに奥へと分け入っていった。

――お父さん。

頭が痛む。

突き当たりは、床と壁と天井の境目も分からないくらい、全体が潰れていた。そのすぐそばに、大人の男の人と女の人が、折り重なって倒れていた。赤いものは、見ないようにした。

その下から、小さな女の子の顔がわずかに覗いている。怯えた黒い瞳が僕のほうへと向けられていた。

その場に座り込み、かろうじて見えている腕と脚をつかんで思い切り引っ張った。身をよじって泣き叫ぶ女の子を、力を振り絞って救出する。

助け出した女の子は、僕の腕の中で、嫌がってバタバタともがいた。どうやらここから動きたくないみたいだったけど、僕のほうがよっぽど力が強かった。見知らぬ女の子を抱きかかえたまま、よろよろと立ち上がり、僕は光のほうへと移動した。

——お父さん。

さっき、意識を取り戻したときに見てしまった光景が、目の前に蘇った。

ふっ、と頭の中が靄に包まれる。平衡感覚を失った僕を、オレンジ色の服を着た屈強な上半身が受け止めた。

よく頑張ったね、と声がする。

でも、僕の頭の中では、やっぱり、僕の声が鳴り続けていた。

——お父さん。

——ねえ、お父さん、お父さん。

——僕が、スーパーマンだったらよかったのに。

# 第一曲　出会い

あっ、と手を伸ばしたときには、もう遅かった。

読み返していたノートの切れ端が宙に舞い、強い風に煽られた。白い紙はくるくると身を翻しながら広い屋上を横切って、入り口の扉のほうへと飛んでいった。

――ああもう、途中だったのに。

取りに行こうとコンクリートの床に手をついてから、裸足になっていたことを思い出す。せっかく脱いだ靴を履き直すか、吹き飛ばされた紙の回収を諦めるか、しばらく考えてから、僕は後者を採ることにした。

何度も読んで確認したから、もう内容は頭に入っていた。一言一句を空で言えるくらいだ。それに、鞄の中にある新品のノートにちゃんと清書してあるのだから、下書きを失くしたところでもはや問題はなかった。

あぐらをかいた脚の上に広げていた国家試験対策用の参考書を、ぱたんと閉じた。

表紙に視線を落とす。そこに赤血球と白血球が大きく描かれているのを見て、思わず苦笑した。寂しいくらいスカスカだった鞄の隙間を埋めるために入れただけなのに、よりによってこの巻を持ってきてしまうなんて、潜在意識とは怖いものだ。
ごろり、と硬いコンクリートに寝転がる。

僕の気分とは裏腹に、今日の空はずいぶんと青かった。雀が呑気に水色の空を横切っている。

医学部棟の屋上に来るのは初めてだな、とぼんやりと考えた。普段は立ち入り禁止なのだからそれも当たり前のことなのだけど、こんなに広々として気持ちのいい場所なら、もっと早く足を運べばよかったのかもしれない。

しばらくの間、そのままじっと空を眺めていた。雲一つない快晴かと思ったが、よく見ると薄い雲がところどころに棚引いていて、ゆるやかに形を変えていた。

「そろそろ行くか」

さまざまな考え事が終わり、頭の中が空っぽになった頃、僕は身体を起こしてするりと立ち上がった。そのまま正面へと歩いていき、すぐ目の前の金網にそっと手をかけて、キャンパスを見渡す。九階建ての医学部棟は、隣の看護棟や、他の学部の建物よりも、ほんの少し背が高い。

毎日地下の解剖室や一階の実験室に閉じ込められていた一年生や二年生の頃は、こういう場所が同じ建物にあるなど想像もしていなかった。上階の大部分は、教授たちの研究室で占められている。三年生になってチュートリアル室の利用を許可されるまで、屋上の存在さえ知らなかった。

すう、と大きく息を吸って、斜め上の空を仰ぎ見た。

「あの、すみません。ちょっといいですか」

後ろで声と足音がして、僕は金網をつかんだまま振り返った。

屋上の真ん中、僕から少し離れたところに、ふわりとした桃色のスカートをはいた女子が立っていた。僕は慌てて彼女のほうへと向き直った。

「はい？」

あまりに驚いて、変な声が出てしまった。わざわざ屋上まで上がってくる人間はいないと思っていたし、直前まで足音にも気づかなかったから、不意打ちのようなものだった。

「突然ごめんなさい。道が、分からなくなっちゃって」

セミロングの黒髪を揺らしながら、彼女はこちらへと小走りで近づいてきた。彼女が手に持っている地図らしきパンフレットが、屋上の強い風に吹かれてパタパタと大きな音を立てた。

目の前までやってきた女子は、思ったより小柄だった。額に汗が浮かんでいて、色白の頰に赤みが差している。彼女は困ったような顔をして、風にはためいている地図を僕に差し出してきた。

「教育学部の建物を探してるんですけど、どこだか分かりますか」

「え、教育学部棟？　キャンパスの反対側だよ。このへんは理系エリアだからさ」

看護棟のさらに向こうを指差すと、彼女は落胆した顔をした。

「やっぱり、あっちだったんですか。近くまでは行ってみたんですけど、分からなくて戻ってきちゃったんです。このキャンパス、本当に広いんですね」

彼女は額の汗を手の甲で拭い、ふう、と息をついた。

女子高生だろうか、と一瞬考えたが、すぐに違うと気づいた。九月下旬の平日昼間に、高校生はこんなところにいないだろう。たまに修学旅行生らしき団体がうろついていることはあるが、それでも制服くらいは着ているはずだ。

幼さの残る顔立ちからして、年下には違いない。うちの学生ではなさそうだから、受験希望の浪人生か、もしくはインカレサークルに入っている他校の学生だろうか。

「キャンパスを、一人で見学してるところなんです。今度、この大学を受けようかと思ってて」僕が訝しがっていることに気づいたのか、彼女は慌てた様子で説明した。「正門で警備員さんに地図をもらったところまでは良かったんですけど、私、方向音痴で」

彼女は恥ずかしそうに、くしゃりと笑った。こちらの胸の奥をくすぐるような、遠慮がちな笑顔だった。

「それで、そのへんの建物に入って、誰かに道順を訊こうと思ったんです。だけどあんまり人がいなくて、階段をどんどん上っていったら、ここまで来ちゃいました」

「ああ、夏休み期間だからね。先生たちも基本的には研究室に閉じこもってるし」

「どうりで。人が少ないなって思ったんです」

大学生は九月いっぱい夏休みなんですね、と彼女は目を輝かせた。その様子を見る限り、仮面浪人をしている他の大学の学生というわけでもないようだ。

「確かに、建物の表示もあったりなかったりだし、分かりにくいよね。特に文系エリアは、古い建物も多いし、教育学部なんて建物が小さいから文学部棟や法学部棟に隠れてるし」

いつの間にか、僕は彼女に教育学部棟までの道順を教えてやっていた。地図を一緒に持って、懇切丁寧に説明するなんて、我ながら柄にもない。僕の説明に、彼女は熱心に聞き入っていた。

「あの……差し支えなければ、なんですけど」

話し終わった僕の顔を、彼女はちょっぴり不安げに見上げてきた。

「一緒に、来てもらえたりしませんか。教育学部棟のところまで」

「あー、口頭じゃ分かりにくかった？」

「いえ、そうじゃなくて。道は、大丈夫だと思うんですけど」彼女は懸命な様子で首を横に振った。「せっかく現役の学生の方と会えたので、もうちょっとだけ、いろいろお話を聞けたら嬉しいな、って」

見かけによらず積極的な子だな、という感想を抱く。正直、ここからキャンパスの反対側にある教育学部まで行くのは面倒だった。徒歩で行って帰ってきたら、優に二十分はかかる。

「僕は教育学部どころか文系でもないけど、いいの？」

そう訊くと、彼女は顔をほころばせて、「もちろんです」と答えた。それで、なんとなく断れない雰囲気になってしまった。

少し逡巡してから、床にまとめて置いてあった荷物へと手を伸ばす。鞄を肩にかけ、その隣に揃えて置いていたスニーカーを足につっかけた。

「いいよ、行こうか」

「本当ですか！　ありがとうございます」

彼女は心から嬉しそうな顔をした。混じりけのない、まっすぐな表情だった。僕なんかがついていくだけでこんなに喜んでくれるなんて、変な子だ。

先に歩き出すと、彼女はちょこちょこと僕の後ろをついてきた。

よかった、と彼女が呟いたのが聞こえた。鈴の鳴るような声だった。綺麗な声だ、と僕は思った。

「お名前、何て読むんですか」

エレベーターを待っていると、不意に彼女が尋ねてきた。

彼女は、僕が鞄にしまおうとしている参考書の裏を指差していた。覗き込むと、そこには油性ペンで書いた自分の氏名があった。

「そのままだよ。時田習」

「あ、シュウ、でいいんですね。ナラウ、とかじゃなくて」

「そんな名前ある？」

「ない、ですかね」彼女は少しだけ顔を赤らめた。「あまり見ない名前ですね。なんだか、頭がよさそう」

そうかな、と答えながら、僕はエレベーターに乗り込んだ。母がつけた名前だ。真面目なイメージを持たれがちなのはいつものことだった。

「君は？」

儀礼的に訊き返すと、彼女は驚いた表情をした。人の名前を尋ねておいて、問い返されることは想定していなかったかのような反応だった。

清家さやこ、と彼女は名乗った。清いという字に、家。名前は平仮名。「あまり見ない名前だね」とまったく同じ台詞を返すと、「そうかもしれませんね」という自信のなさそうな声が返ってきた。

医学部棟を出て、アスファルトで舗装された道を歩き始めると、さやこは一方的に喋り始めた。

「今日、埼玉の春日部ってところから来たんですけど、けっこう遠いですね。高校が川口にあって、それでもものすごく時間がかかると思ってたのに、東京はもっとでした。大学生も、会社員の方も、こんな距離を毎日通うってすごいな、って」

さやこは、なんだか興奮しているようだった。ほとんど地元を離れたことがないのかもしれない。なんとなく、大事に育てられた箱入り娘のような雰囲気がある。

「東京にある大学って、憧れです。あ、時田さんは、どちらにお住まいなんですか」

「僕？　横浜だよ」

「横浜！　かっこいい」さやこは片手を口に当て、目を細くした。「ってことは、遠くもないけど近くもない、くらいですかね」

「ここまでは、電車と徒歩合わせて五十分かな」

「うわあ、うちから川口よりも近い」

さやこは羨ましそうな声を出した。埼玉の地理には詳しくなかったが、川口が一番東京寄りで、春日部がもう少し奥のほうだということは分かる。「埼玉だったら、大宮あたりに住んでいるようなものかな」とたとえると、「すごく分かりやすいです」とさやこは何度も頷いた。

しばらく並んで歩くうちに、さやこの息が弾んでいるのに気がついて、僕は歩調を緩めた。ずいぶん早歩きをさせてしまっていたようだ。僕の胸くらいの高さにある肩が、上下に揺れている。

現役の学生と話したい内容というのがこれか、と僕は拍子抜けしていた。キャンパス見学に来たということだったから、受験や大学生活に関するあれこれについて質問攻めにされるのを覚悟していたのだけど、そういうつもりはないらしい。

やっぱり変な子だな、と改めて隣を歩くさやこを見やる。「高校生？」と尋ねると、さやこはきょとんとしたあと、両目を大きく見開いた。

「いえいえ、全然。高校はとっくに卒業してます」

「じゃあ、浪人生か」

「ええと、そういうわけでもなくて。今は、家の仕事を手伝いながら、大学受験の勉強をしているんです。実は、もう二十一で」

思ったより歳が近かったことに驚く。そんな僕の心中を察したのか、さやこは目を伏せて、「たぶん、時田さんと同じくらいですよね」と問いかけてきた。

「いや、僕は二十三だから、ちょっと上かな」

「あれ、二十三歳っていうと――」

「医学部の五年生なんだ」

短く答えると、さやこは急に目をキラキラとさせて、「そっか、医学部だったんですね」と声を上げた。

「え、さっき入ってくるとき、気づかなかったの？」

「医学部の建物だったんですね。見落としてました」

さやこははにかんだ顔をして、「医学部だなんて、すごいですね」と尊敬のまなざしを向けてきた。

チクリ、と胸が小さく痛む。

「受験勉強って、どうやってしてたんですか」

「どうやって、って言うのは？」

「やっぱり、塾ですか」

やっと、それらしい質問が来た。

「いや、教科ごとに良さそうな参考書を買ってきて、一通り暗記したかな。塾には行ったことないんだ」

「え、すごい！　私も、塾には行かないで勉強してるんです。でも、やろうとしても気が向かないことが多くて」さやこが急に目を輝かせ始めた。「どうやったら、家でも勉強できるんですか？　ちょっと、いろいろ訊きたいです」

その好奇心に満ちた表情を見て、不意に、心の中に黒い影が落ちた。

正直なところ、他人が僕の勉強方法を真似ても、同じように上手くいくとは思えなかった。

中学受験も大学受験も、模試だけを予備校で受けて、あとは参考書を買って自主学習をした。それで結果が伴ったのは、幼い頃の父の教えが身体に染みついていたせいだ。

まずは全体を見て、大まかな段取りをイメージしろ。次に、細かい部分の道順を決めていけ。そして、自分で決めたものは、最後までペースを崩さずに、文句を言わずにやれ。

父が何度も繰り返していたその言葉に従うと、どんな科目でも、思い悩むことも行き詰まることもなく、するりと片づけることができた。特に暗記科目は強かった。全体分量の把握と、細かい区分けをしてしまえば、あとはひたすらノートに書いて覚えるだけの単純作業だからだ。だから、大半の医学部生がてんてこまいになる病態の暗記も、ほとんど苦労しなかった。

中学や高校の頃、この方法を同級生に教えようとしたことが何度かあった。でも毎回、「こんなの時田にしかできないよ」と諦めたように言われ、試みは不成功に終わった。

だから、そういうことを小学生の息子に自然と学習させた父は、僕以上に頭の良い人だったのだと思う。

——父のことは、うろ覚えではあるけれど。

「あのさ、目指してるのは、教育学部？」

問いかけると、さやこは「そうですね」と頷いた。「まだちゃんと決めてはないんですけど」とまた自信のなさそうな声で言う。

「いずれにせよ文系だよね」

「ええ」

「それなら、文系エリアのほうまで行ってから、そのへんの学生を捕まえて訊いてみたほうがいいんじゃないかな。細かい質問は、そっちのほうが適任だよ。文系と理系じゃ、受験科目も違うから」

意図的に話を終わらせて、僕は前を向いて歩いた。さやこが不思議そうな目でこっちを見ているのは分かっていたけど、気がつかないふりをした。

さやこのことを無下（むげ）にしようとしたわけではなかった。勉強法のことを訊かれそうになって、父といた頃の記憶（きおく）が脳裏（のうり）をよぎった瞬間、考えるより先に拒否（きょひ）反応が出てしまったのだった。

これではキャンパスの案内係失格だな——と心の中でため息をつく。

突き放すようなことを言ってしまったから、さやこはもう話しかけてこないだろうと思ったけれど、彼女はまだへこたれていないようだ。しばらく無言で歩いてから、さやこはまた同じ調子で質問を投げかけてきた。

　大学で入っているサークルや、中高の部活のことを訊かれる。仕方なく、大学一年生のときにちょっとだけ水泳サークルに入ってみたもののすぐやめたことや、高校では物理研究部の幽霊部員をしていたことを話した。中学のときにも水泳はやっていたが、高校に入ってまでやろうとは思えなかった。

　改めて振り返ってみると、やっぱり僕というのは、どこか中途半端な人間のようだった。

「そろそろ着くよ」

　目的地が近づいてきて、僕は少しほっとしながら隣を歩くさやこに話しかけた。よくよく考えてみたら、他人と話すのはずいぶん久しぶりだった。今さら、肩に力が入っていたことに気づく。

　不意にさやこが立ち止まった。僕も足を止めて振り返る。さやこは、すぐ横の重厚な建物を見上げていた。

「これ、何の建物ですか」

「図書館だよ」

そう答えると、さやこはぱっと顔を明るくし、正面から僕を見つめてきた。

「お願いがあるんですけど……図書館で、勉強を教えてもらえませんか」

「え、勉強？　今？」

「はい。この大学の中でも、医学部って、一番難しい学部でしょう。せっかくお会いできたから、ちょっとだけでも、教えてもらえないかと思って。私、恥ずかしいくらい勉強ができないんです。でも、どうしても大学に行きたくて。時田さんみたいな優秀な方が、どうやって勉強してるのか、ぜひ知りたいんです」

「教育学部棟を見に行くんじゃなかったの？」

「予定変更です」

さやこは可愛らしく微笑んでから、急に真面目な顔をして、「お願いできませんか」とこちらを見上げてきた。

困ったな、と頭を掻く。しばらく迷ってから、僕はこくりと頷いた。

流されやすいのも、僕の悪いところだ。

「いいけど、上手く教えられるかは分からないよ」

「やったあ、ありがとうございます」

さやこは心から嬉しそうな顔をして、くるりと身体を回転させた。そして、いそいそと図書館の入り口へと歩いていった。

翻弄されてばかりだな――と、机に頬杖をつきながら呟いた。

隣の席で勉強していた男子学生がこちらを振り向いた。ノートの傍らに六法全書を置いているところからして、法学部生のようだ。定期試験か司法試験かは知らないけれど、周りにはちらほら同じように法律関係の本を積み上げている学生たちがいる。

幸い、僕の知っている医学部生はいなかった。医学部棟から図書館まではそれなりの距離があるから、誰も使おうとしないのだろう。大学で自習するにしても、医学部生用に完備されているチュートリアル室のほうがよっぽど新しくて空気がいい。そんなわけで、僕自身、図書館に入るのは入学当初に参加したキャンパスツアー以来だった。

それにしても、さやこはずいぶん長い間、本を物色しているようだ。

もう、ここに席を取ってから二十分近く時間が経っていた。先に座っていてください、と促されるままに来てしまったけれど、僕でさえ勝手が分からない巨大な図書館の中で迷子になっているのではないだろうか、と心配になる。

僕が痺れを切らして立ち上がるのと、片腕に大量の本を抱えたさやこが本棚の後ろから姿を現したのは、ほぼ同時だった。

「お待たせしました」

積み上がった本の一番上にあごをのせたさやこが、にっこりと微笑んだ。

その瞬間、ぐらり、と本の山が揺れた。

さやこの目が大きく見開かれた。不思議なことに、彼女は重力に逆らおうともせず、滑(すべ)り落ちていく本を立ちすくんだまま眺めていた。

僕は慌てて走っていって、崩れかけている十数冊の本に向かって手を伸ばした。間一髪(かんいっぱつ)、さやこの腕から落ちた本は、バラバラとページを開きながら、全て僕の両腕の中に納まった。

「ごめんなさい」

さやこは残った本を片腕で抱えたまま、目を瞬(またた)いた。

「あと、ありがとうございます」

僕の腕の中には、五冊の参考書や問題集があった。数えてみると、さやこの手に残っているのは七冊だった。全部で十二冊。本の山が斜めになっているのに、さやこは相変わらずバランスを直そうともしない。

僕は手の中の本を揃えてから、さやこが持っている本をもう三冊、自分の手元へと移した。

「こんないっぺんに持ってこなくても」僕は思わず苦笑した。「それと、そんな危なっかしい持ち方しないでさ。片手だと重くない？　右手も使えばいいのに」

「あ、動かないんです」

　さやこはさらりと言った。

「え？」

「私の右手、動かないんです。生まれつき」

　そういえばそうなんです、くらいの軽い口調で説明してから、さやこはテーブルのほうへと歩き出した。

　僕は呆気に取られてその後ろ姿を眺めた。

　右腕は身体にぴったりとくっついていて、手首の先がだらりと垂れていた。長袖のブラウスを着ているから今の今まで分からなかったけど、よく見ると左腕より右腕のほうが明らかに細い。それから、ほんの少しだけ、右脚を引きずるようにして歩いていた。

　ずん、と胸を押されたような感覚が走る。

　――生まれつきということは、分娩麻痺だろうか。

　――いや、右手右脚ということは、軽度の脳性麻痺かもしれない。

　医学生の性か、そんなことが次々と頭に浮かぶ。産婦人科で病院実習をしたときのことが頭に蘇った。急いでそれを頭から振り払う。こんなときに何を考えているんだ、と自己嫌悪に陥りそうになった。

ここは病院じゃない。

ましてや、授業中でもない。

「そうだったんだ」

ごめん、という言葉は呑み込む。仮にも医学部生なのに、向こうが言い出すまでまったく気づかなかったのは恥ずかしかった。だからと言って、謝るのもなんだか違う気がした。

左手だけを使ってテーブルの上に本を並べているさやこの隣に立ち、運んできた参考書をどさりと置く。

「言ってくれれば、運ぶの手伝ったのに」

「さすがに張り切りすぎましたかね？　でも、めったにない機会だから、ワクワクしちゃって」

さやこはふふふと声を出して笑ってから、首を傾けて自身の右腕を見やった。

「私、医療のことはあまり詳しくないんですけど、脳性小児麻痺――って言うらしいです。時田さん、詳しいですか？」

やっぱりか、と呟くのは心の中だけにして、「産婦人科の講義で習ったよ」とだけ答える。その疾患名だけなら、基本中の基本だ。一般的によく知られている言葉のはずだけど、さやこが発音すると難しい専門用語のように聞こえた。

「さすが。やっぱり、頭がいいんですね。もし、時田さんがそういう方面のお医者さんになったら、いつか私の右腕も動くようにしてくださいね」

脚はちょっと歩きにくいだけなんですけど、腕のほうは全廃なんです――と、さやこは微笑んだまま続けた。

全廃。

障害等級の区分に使われる単語だ。機能がほとんど失われていることを示す。

チクリ、とまた胸が痛くなった。さっきよりも強い、はっとするような痛みだった。

脳性麻痺で生まれつき右腕が動かないのなら、これから先、治る可能性は無に近い。

そんなことが頭をよぎってしまったけれど、もちろん、口にも顔にも出さなかった。

「気にしないでくださいね。左手だけでも、工夫すればけっこう普通に生活できるものなんですよ。靴紐やエプロンの紐を結ぶのはちょっと苦手ですけどね。もし男性に生まれていたら、今頃はネクタイと悪戦苦闘していたかもしれません。――じゃあ、さっそく、教えてもらっていいですか？」

期待のこもった目で下から覗き込まれた。さやこはいつの間にかテーブルの上に金属製のペンケースを取り出していて、左手だけで器用に蓋を開けていた。

さやこにとっては、こういう会話も慣れっこなのだろうな、と今更のように気づく。

たぶん、その話題を意図的に回避しようとはしていないし、むやみに強調することもない。これは彼女の日常でしかないのだ。

　それなら第三者が過剰反応するのは迷惑だな、と判断を下し、僕は黙ってさやこの隣に着席した。

　テーブルの上に広げられた参考書は、一口に言って、よりどりみどりだった。『よくわかる古典文法の基礎』『高校数学入門』なんていう初心者向けの平易な参考書から、『詳説西洋史』『英語慣用句の成り立ち』といった、はっきり言ってまったく大学受験生向けでない学術書まで、科目も難易度もバラバラだ。次々と本を手にとって選り分けていくと、さやこはキラキラと目を輝かせて顔を寄せてきた。

「たくさん本がありすぎて、とりあえず学習書の棚からひととおり持ってきちゃったんです。使えそうなもの、ありますか」

「うーん、そうだな。教えてほしい科目はあるの？」

「全部、と言えば全部なんですけど」

「じゃあ、苦手科目は？」

「数学、ですかね」

「了解」

　広げた中から『高校数学入門』を取り上げ、他の本は全て元通りに積み重ねた。本の山に隠れかけている僕らに、周りの法学部生たちが奇異な目を向けている。

「高校の数学は、どれくらい覚えてる？」

「もう、ほとんど忘れちゃいました。高校一年生からだと、もう——五年も経ってますしね」

　さやこは左手の指を親指から順に曲げていき、驚いた顔をした。そんなに時間が経っていたのか、と言わんばかりの表情だった。

「じゃあ、最初から始めようか」僕は参考書をパラパラとめくった。「計算用のノート、持ってる？」

「あ、持ってないです」

「貸すよ」

　僕は内心ためらいながら、椅子(いす)の背に引っかけた鞄に手を突っ込んだ。買ったばかりのノートを取り出し、裏表紙のほうから慎重(しんちょう)に開いて、一枚だけをちぎり取る。それをさやこに手渡してから、ノート本体はすぐに鞄へと戻した。テーブルの上に置いたままにするのはなんだか落ち着かなかった。

　ありがとうございます、と元気な声で言い、さやこはペンを握っている左手でノートの切れ端を引き寄せた。

「多項式(たこうしき)の展開からだね。ちょっと中学の復習も含むけど、少し説明するよ。そのあと例題をいくつか解(と)いてみようか。その出来によって、練習問題か応用問題に移ろう」

こうやって人に教えるのは初めてだったから、理解してもらえるか心配だったけれど、さやこは熱心に頷きながら僕の説明を聞いていた。苦手なのは確かなようで、普通ならするりと覚えられてしまうような公式も、例題を解きながら何度も参考書のページを見返して復唱（ふくしょう）していた。

さやこは、丁寧な字を書いた。一画一画を確実に書こうとするその姿勢は、たくさんの計算問題をこなすのには向いていないように見えた。

字で性格が分かるな、となんとなく考える。たぶんさやこは、几帳面で、真面目で、誠実な人間だ。

もしかしたら、似ているかもしれない。

僕も、速記するのではなく、必要最低限の文字を、綺麗に形を揃えて書くタイプの人間だった。暗記は紙に書いてこなすようにしているけれど、例えばの話、同じ漢字を機械的に十回練習するくらいなら、集中しながらじっくり三回書くようにしている。そのほうが脳に刻み込まれるような気がするからだ。

さやこが例題を解いているとき、僕はこっそり彼女の横顔を観察した。

色白の、ふわふわとした頬が、なんだか柔らかそうだった。固く結ばれた桃色の唇（くちびる）は、一生懸命問題に取り組む彼女の姿勢をそのまま表現していた。何より心に迫（せま）ったのは、まっすぐにペンの先を見つめる目が、どこまでも純粋（じゅんすい）で、真剣だったことだ。

同じ箇所を説明し直したり、練習問題でつまずくさやこにヒントを出したりしているうちに、飛ぶように時間は過ぎていった。僕はだんだん教えるという行為に慣れてきて肩の力が抜けたし、さやこのほうも呑み込みの速度が上がったようだった。

多項式の展開と因数分解の単元をさらい終わったところで、ふう、とさやこが大きく息を吐いた。

「こんなに集中して勉強できたのは久しぶりです。時田さん、教えるの上手なんですね。高校のとき、こういう先生に習いたかったな、って思っちゃいました」

さやこが目を細くして、満足げに笑った。そんな表情を至近距離で見せられて、僕の心臓は恥ずかしげもなく音を立てた。

ずっと左手に握っていたペンを、さやこがそっとテーブルの上に置いた。それを合図に、僕は手を伸ばして参考書のページを閉じた。途中で何枚もちぎって渡したノートの切れ端は、どれも計算式で埋め尽くされていた。

「お願いがあるんですけど、いいですか」

「何？」

尋ね返すと、さやこははにかんだ表情をして、まっすぐにこちらを見上げてきた。

「明日も、ここで続きを教えてくれませんか」

考える間もなく、僕の口は「いいよ」と返事をしていた。

さやこの顔がほころんだ。それに引っ張られて、僕も思わず笑みを浮かべてしまった。

今日大学に来たのは、決して悪い選択（せんたく）ではなかったかもしれない——と、なんとなく、考えた。

𝄞

二日目、さやこの荷物は昨日より増えていた。猫のキャラクターをあしらった可愛らしいノートと、高校の頃の教科書を持参していた。

図書館には昼過ぎに入り、出てきたときには十六時を回っていた。半分は数学の続きをやり、もう半分は古典文法のおさらいに充（あ）てた。きちんと家で復習してきたのか、数学は昨日よりすらすらと解けるようになっていたものの、古文は穴だらけだった。高校一年生で習う活用の変化を、さやこは本に書いてあるまま暗記しようとする。実は全てを覚える必要はなくて、活用には基本的なルールが存在することを教えると、「参考書だけだったら絶対に分からなかった」と喜んでいた。

「時田さんと勉強していると、私まで頭が良くなったような気がします。頭の中にかかっていた靄がどんどん晴れて、すっきりするような感じです。普通は目の前が見えないからすぐに岩にぶつかっちゃうのに、ずっと遠くまで、綺麗に見渡せるような」

さやこは独特の表現をした。

「時田さんって、問題を見た瞬間に解き方が分かるんですか」

「まあ、大体はね。知識を一回頭に入れてしまえば」

「それってすごいことですよ。もしかしたらこの大学にはたくさんいるのかもしれないですけど、今まで私の周りにそういう人は一人もいませんでした。世界は広いんですね」

大げさなことを言いながら、正門への道のりを歩く。

それは僕にとっても同じだった。——僕なんかが数学や古文の基礎を解説しただけでこんなに感動してくれる人間がこの世に存在するなんて、これまで考えたこともなかった。

「それにしても、たまたま出会った僕を家庭教師に選任するなんて、本当に大丈夫なの？」

「いいんです。医学部の方にたまたま巡り会えたなんて、むしろラッキーですよ」

「でも別に、医者になりたいわけじゃないんだよね」

「それはそうですね」

「大学を出て、何になりたいの？」

その問いには、「学校の先生です」という言葉が返ってきた。やっぱり医学とは全然関係がない。ちょっとだけ拍子抜けした。

　道の突き当たりに正門が見えてきた頃、さやこがはたと足を止めた。

「あれ、この音」

　さやこが左耳に手を当て、身体を傾ける。

「ピアノ、ですか？」

　僕も耳を澄ましてみた。最初に聞こえてきたのは、甲高いバイオリンの音だった。他にも、名前は分からない弦楽器の低音や、軽快なトランペットの音色が、バラバラに鳴っている。何人もが一斉に練習しているその中にピアノの音があるのかどうか、僕には判断がつかなかった。

「ピアノの音――聞こえた？」

「はい。いい音でした」さやこはうっとりとした表情を浮かべた。「どの建物から聞こえてくるんでしょう」

「第二部室棟だね。三階に音楽系の部活の共有スペースがあって、楽器を自由に持ち込んで練習していいことになってるんだよ。ほとんどは管弦楽部の人たちじゃないかな。個人の趣味で使ってる人もいるみたいだけど」

「それって、もしかして、私たちでも入れるってことですか？」

　さやこが途端に目を輝かせ、こちらを振り返った。僕はその勢いに圧倒されながら、

「そうそう」と頷いた。

「行ってみたいです」

　ほんの少し右脚を引きずりながら、さやこは急ぎ足で音の聞こえるほうへと歩き出した。僕は慌てて、その楽しそうな後ろ姿を追いかけた。

　音だけを頼りに建物の裏手に回ろうとしていたさやこを呼び戻し、第二部室棟の正面玄関をくぐった。

　キャンパス内に点在している部室棟は全部で五棟あり、古い順に番号が振られている。主に音楽系やダンス系のサークルが使っている第二部室棟は、重厚なレンガ造りの建物で、三階はちょっとした練習ホールになっていた。一回だけキャンパスツアーで覗いたことがあるのだけれど、壁に取り付けられた大鏡の前ではダンスサークルが陣形を作って練習し、その反対側では楽器を持った学生たちが思い思いに音を鳴らしている、なんともカオスな空間だった。

　古い建物だから、エレベーターも、もちろんエスカレーターもない。だが、僕の心配をよそに、さやこはずんずん螺旋(らせん)階段を上っていった。上に行くにつれて、響(ひび)いてくる楽器の音が大きくなっていく。

　三階に着いて、共有スペースに続く大きな扉を開け放したさやこは、わあ、と顔中をくしゃくしゃにして歓声(かんせい)を上げた。

「グランドピアノだ！」

確かに、広い練習ホールの一番奥に、黒いグランドピアノが鎮座していた。周りを見ようともせずに、さやこは練習している学生の合間を縫ってホールの奥へと駆けていった。学生たちも学生たちで、皆それぞれの練習に夢中で、譜面台に目を落としながら脇目も振らずに楽器を鳴らしている。はしゃいでいるさやこに注目する者は誰もいなかった。

さやこが近づいていくと、ピアノの前に座っていた男子学生が、立ち上がってさやこに場所を譲った。さやこは恐縮したように首を横に振っていたけれど、男子学生はピアノのすぐ横の壁に貼ってある紙を指し示し、楽譜をまとめてすぐに立ち去っていった。後から追いついて貼り紙の内容を確認すると、『ピアノは原則二十分交替です』という注意書きがされていた。もうたくさん練習しましたから、という意味だったのだろう。

さやこは呆気に取られたように、さっきまでここで練習していた男子学生の後ろ姿を見送っていた。

——それもそうだろう。

だって、さやこは、手が——。

最後まで考えないうちに、さやこが椅子に腰かけた。横に長いピアノ椅子を右へとずらし、そのさらに右端に座り直す。白い膝丈のスカートから伸びた左脚が中央へと伸ばされ、ギリギリ届くくらいの距離でペダルを捉えた。

何をするつもりなのだろう、と、僕は目を丸くして彼女を見つめた。

ペダルの位置を何度か確認してから、さやこはすっと左手を鍵盤の上にのせ、身体の目の前にある黒い鍵を、親指でぽんと叩いた。

がやがやとした空間が、ふと静まったように感じた。その中に、ぽつんと、さやこが響かせた単音だけが広がっていく。

そして次の瞬間、音が止み、さやこの指が左側へと大きく跳んだ。

今度は、いくつもの音が連なっていた。

中央の白い鍵を小指で強く押し、直後に同じリズムで高い音を続けていく。高めの音を弾いているのは親指側の三本指だった。そしてまた今度は違う低音へと戻る。全身を揺らすようにしてさやこがペダルを押し込むと、小指で押した音だけが、不思議と伸びを持って他の音を包み込んだ。

左手を左右に行ったり来たりさせながら、似たフレーズを八回繰り返すと、今度はさやこの手がもっと高いところまで跳躍した。

最初に確認していた、黒い鍵にさやこの親指が触れる。その音が柔らかく鳴った瞬間、僕はこの聞き覚えのあるフレーズが何だったかを思い出した。

——カノンだ。

音楽に詳しくない僕でも、当然のように知っているメロディ。それが、一つの手から紡ぎ出され、徐々に音を増やしていっている。

それは、紛れもない「演奏」だった。

音が厚くなり、互いに調和して広がっていく。その途中で、曲全体が優しい四分刻みへと姿を変えた。静かに始まった冒頭の雰囲気をいつまでも残したまま、あくまで自然に、さやこの紡ぐ音色が辺りに浸透していく。

さやこの親指が、だんだん高いところへと駆け上がっていった。上へ行ってはすぐに低音を支えに戻り、またすぐ昇っていったと思いきや、落ち着いた音へと帰る。彼女が高音を奏でる一瞬の間にも、その直前に小指と薬指が大きく左に跳んで弾いた響きは、特別なピアノを使っているのかと勘違いしそうなほど、長く豊かに音を残していた。

鍵盤の中央で、さやこの親指と人差し指が、細かいフレーズを生み出し始めた。曲全体が盛り上がっていくにつれ、左手が跳躍する幅がどんどん開いていく。相変わらず音は春の陽光のように柔らかいのに、さやこの五本の指は、それぞれバラバラに、時には同時に、めまぐるしいほど役割を変えて鍵盤の上を左右に動き回っていた。

――音が、波のようだ。

単調に打ち寄せる退屈な波でもないし、風の吹く日の荒波でもない。聴いている僕のことをいつの間にか包み込んでどこかへ持っていってしまいそうな、安心して身体を委ねたくなる、大きな音の波だった。

ひときわ存在感を放つ高い和音が四つ、突然、僕の懐へと飛び込んできた。

次の瞬間、曲は最も有名なメインパートに突入していた。信じられないくらい速くて多い音を、たった五本の指と一本の脚で、さやこはドラマチックに展開していく。

さやこの身体は、前後左右に揺れていた。音と音の間で、素早くペダルを踏み替える。ともすれば濁りそうになる音が絶妙のタイミングで後ろに隠れ、新たな音がその余韻の上にふと現れる。

――僕は今、ものすごいものを見ているんじゃないか。

さやこの横顔に、初めて目をやった。こんなに激しい動きをしているのに、彼女の表情は爽やかで、初めてピアノに触った子どものように輝いていた。

目を閉じる。

ふと、いつか見た光景を思い出した。

どこかの公園。遥か遠くまで続く、なだらかな緑の丘。フリスビーを投げ合っている家族、寝転がって空を見上げている若い男女、駆け回っている同い年くらいの少年少女たち。

遠くから、海の音が聞こえる。空は青い。

心地よい春風が、僕の頬を撫ぜる。

すぐ隣に座っている両親が微笑み、いい天気だね、と言って、僕の髪をくしゃくしゃにする。

僕は、彼らに向かって、正直な感想を言う。

――ねえ、僕、こんな気持ちのいい場所、初めて来た。

音が耳に飛び込んできて、ふと我に返った。

見ると、さやこは半ば立ち上がるようにして、高音部の和音を力いっぱいに奏でていた。

どのくらいの音が同時に鳴っているのだろう。そのスケールの大きさに魅入(みい)られた僕は、さやこが身体を大きく左に傾けて今までで最も迫力のある低音を叩き出し、細かくタイミングをずらして最後の壮大(そうだい)な和音を紡ぎ出すまで、曲が既に終盤だったことにちっとも気づいていなかった。

ふわり、とさやこの左手が鍵盤を離れた。

僕はしばらく、演奏を終えた彼女の左手を呆然(ぼうぜん)と見つめていた。

「すごいな」

ようやく言葉が出る。そんな凡庸(ぼんよう)な形容詞で正しく表現できるような気持ちではなかったのだけれど、そうとしか言えなかった。

ふと後ろを振り返り、練習ホールの中を見回してみる。管弦楽部の人たちは、さっきと変わらず、それぞれ譜面台の前で楽器の練習を続けていた。たぶん、さやこが左手だけでカノンを弾き通したことに、誰一人として気づかなかったのだろう。

あまりに自然だったもんな——と演奏を思い返しながら、僕は再びピアノのほうへと向き直った。

「昔からの趣味なんです」さやこが微笑みながら、左手をそっと頬に当てる。

「いつからやってるの？」

「三歳くらいからです」

「すごいな」また言ってしまった。「じゃあ、ピアノ教室なんかに通ってたのかな」

「小学校の初めまでは行ってました。そのあとは自分で」

時田さんの勉強と似たような感じですね——と言って、彼女はくすりと笑った。

「こんなの、並大抵の努力でできることじゃないよ。しかも、習わずにここまで極めるなんて」

僕は俄かに興奮していた。正確に言うと、ようやく放心状態から醒め、今見たものの客観的な芸術性を理解し始めていた。

僕の言葉に対し、さやこは「いえいえ」と首を左右に振った。

「習わなかったというよりは、習えなかっただけなんです。左手だけのピアノを専門で教えられる先生というのはいませんし、音楽教室で用意されているのは両手向けの曲ですから。ある程度上達してしまうと、あとは自分で好きにアレンジしたり工夫したりするしかなくて」

「ってことは、今弾いたカノンは、えっと――清家さんが編曲したもの？」

「さやこ、でいいですよ」

「じゃあ……さやこさん」

「呼び捨てで大丈夫です。年下ですし」さやこが可笑しそうに頬を緩めた。

ほんのちょっとドギマギする。「分かった」と頷くと、さやこは何もなかったかのように話題を戻した。

「そうです。左手だけでも弾けるように、ちょっとずつ低音と高音のリズムをずらしてるんです」

「本当にすごいよ。途中、ちょっと目を閉じてたんだけど、プロのピアニストが両手で弾いてるみたいだった」

「わあ、嬉しいです」

「自分で編曲してる曲、他にもあるの？」

「たくさんありますよ。例えば――」

さやこは再び鍵盤に左手をのせ、軽快なメロディを弾き始めた。

なんだか聞いたことがあるようなフレーズだな、と思い、懸命に耳を傾ける。

――何だったっけ？

なかなか思い出せず、頭の中を掻き回す。数秒後、ようやく一致して、僕は思わず手を打った。

「あ、『森ホーム』のCM曲？」

ピアノアレンジになると、またずいぶん雰囲気が変わる。元はトランペットの曲だったはずだ。

「当たりです」

先ほどのように激しい左右の跳躍はせず、軽々と鍵盤の上に指を滑らせながら、さやこはにっこりと笑って答えた。

「じゃあ、これはどうでしょう」

おどけた響きのメロディがだんだんゆっくりになっていき、ある和音をきっかけに、まったく別の曲が奏でられ始めた。昔懐かしい、落ち着いた曲調。今度は、すぐに曲名が頭に浮かぶ。去年ヒットしたアニメ映画の主題歌だ。

「分かった。『紙ひこうき』だね」

「あら、早かったですね。じゃあ、他に、時田さんが知ってそうな曲は――」

さやこは突如、ぐっと左手を引き寄せ、高いキーのところで五本の指を動かし始めた。

あまりにいろいろな音が高速に詰め込まれていて、最初は何の曲だかさっぱり判別できなかった。でも、よくよく聴いていると、四拍子のリズムの頭に弾いている音だけを繋げれば、ほとんどの子どもたちが一度は歌ったことがあるであろう、あの曲が浮かび上がってくる。

「ああ、『きらきら星』か！」

「そうです。面白いでしょう」

僕が驚いたのがそんなに嬉しかったのか、さやこは満足げに鍵盤から手を離し、僕のほうへと向き直った。

「正統派のクラシックだと、無闇にアレンジするわけにもいかないんですけどね。今弾いたような流行りの曲や童謡なら、どんなふうに弾いてもいいわけですし、趣味で弾くにはちょうどいいんです」

「いやあ、目の前で見てるのに、どうやってるのかさっぱり分からないな」

僕はまじまじとさやこの可憐な左手を見つめた。サイズが大きいわけでもない。白くて柔らかそうな、普通の女性の手だ。僕の手より一回り小さいこの左手で、どうやって、あの広がりのある音楽を奏でていたのだろう。

「コツがあるんです。時田さんって、ピアノは習ったことあります？」

「ほんのちょっとだけね。小学二年生から、五年生まで。中学受験の勉強をしなきゃいけなくてさ」——というのは口実で、本当は最初からやめたくて仕方がなかった。

要は、センスがなかったのだ。音を自分の指で奏でることに興味も持てなかったし、どうやっても上手くならなかった。

「両手で弾くピアノって、特に初心者の場合、左手はあくまで伴奏をしたりとか、低音の一音だけを弾いたりとか、そういうふうにしか使わないでしょう。右手がメロディで、左手が添え物。そんな感じだと思うんです。例えば、パッヘルベルのカノンだと——」

さやこは鍵盤の中央へと手を伸ばし——レ、ラ、シ、ファ、ソ、レ、ソ、ラ——というカノンのベースになっている音をゆっくりと弾いた。このくらいの速度であれば、押さえている鍵が分かるから、僕にでも音が判別できる。

「カノンの最初のところって、普通の楽譜だと、左手はこれしかしていないんですよ。でも、曲を全部左手だけで弾こうとすると、全然違って——」

さやこは鍵盤から手を離し、白い手を僕の目の前でぱっと広げた。

「——大体、小指と薬指で低音とか、和音を弾きます。残りの三本指で、メロディです。って言っても、いつもそのとおりにはなかなかいかないので、弾きたい音のバランスに応じて指遣いは変えてます。基本的には、高い音と低い音の間を交互に、ずっと跳びっぱなしです」

さやこは五本の指をバラバラに、見事なほど滑(なめ)らかに動かしてみせた。

「小指で弾くベースの音は強く打鍵して、真ん中の指で弾く和音は弱く押さえて、親指や人差し指あたりで弾くメロディはまた強く弾く、みたいな感じですね。このバランスが最初はけっこう難しかったんですけど、慣れれば楽しいです」

とてつもない技術だな、と僕は深く感心した。

想像でしかないけれど、プロのピアニストでも、右手左手という大きな単位でなく、指一本ごとの弾き分け方まで意識している人は少ないのではないだろうか。普通に考えたら、相当難しいはずだ。

でも、生まれつき右腕が使えなかったさやこにしてみれば、これが自然な弾き方であり、全ての基本になっている。

「ペダル、普通は右足で踏むんだよね。ってことは、さやこが椅子を右側にずらしてるのも、ペダルを踏むときに左足を使うのも、ピアノを弾く左手の可動域を広げるための工夫ってこと?」

「そのとおりです。一度見ただけでよく分かりましたね」

「あと、真ん中のペダルも踏んでたみたいだけど、どういう意味があるの?」

「ああ、これはソステヌートペダルって言って――」さやこは楽しそうに言い、左足を伸ばして真ん中のペダルを軽く叩いてみせた。「ペダルを踏んだときに弾いていた音だけを伸ばすんです。左手のピアノにはなくてはならない存在なんですよ」

右側のダンパーペダルと真ん中のソステヌートペダルの二つを使い分けながら弾くの

だ、とさやこは説明した。通常利用されるダンパーペダルは、鳴っている全ての音を伸ばすものだから、ほぼずっとペダルを踏みっぱなしにしなくてはならない左手のピアノにはあまり向かないのだという。

「必要なときに踏むというよりは、離すタイミングを上手く見つける、って感じですかね」

　さやこは両のペダルを交互に踏んでみせながら、朗(ほが)らかに言った。

「いやあ、びっくりしたよ。こんな特技を隠し持ってたなんて」

「隠してたわけじゃないですけど」そう言いながらも、さやこは照れた顔をした。

「ピアニストになれるんじゃない？」

「いえいえ、無理です、無理」さやこはぶんぶんと首を振った。「さっきも言いましたけど、クラシック音楽って、アレンジは原則ＮＧなんですよ。それに、仮に両手があったとしても、私の技量じゃ到底及びません」

「じゃあ、作曲家とか、アレンジャーとか……あとはシンガーソングライター？」

「歌は自信がないですね。それとも時田さん、代わりに歌ってくれます？」

「できるわけないだろ。カラオケにさえ行かないようにしてるのに」

　思わずツッコミを入れると、さやこが声を上げて笑った。

「褒(ほ)めていただけるのは嬉しいですけど、ピアノはただの趣味なんです。将来の夢は学校の先生ですから。そのために、時田さんに勉強を教えてもらうことにしたわけですしね」

さやこはピアノ椅子から立ち上がり、床に置いていた淡い水色のトートバッグを手に取った。

腕時計を見ると、図書館を出てから三十分ほどの時間が経っていた。気持ちの向くままに弾いているように見えたけど、さやこはきちんと、原則二十分交代というルールを意識していたらしい。

「小さい頃から、暇があると、いつもピアノの前に座っていたんです。練習しすぎだって止められても、嫌だ、離れたくない、ってわがまま言って、いつまでも弾いてました。でも、左手しか使えないのにピアノをやりたがるなんて、変な子どもだったと思います。でも、そうじゃないんです。バイオリンやフルートは片手じゃできないけど、ピアノならできるんですよ」

愛おしそうにグランドピアノを撫でるさやこを眺めながら、僕は自分の過去を思い出していた。

小学生の頃、何故だか、漢和辞典を読むのが好きだった。そんなことより外で友達と遊んでほしいと母は思っていたみたいだけど、僕にとっては、一つ一つの漢字の成り立ちを知ったり、まだ学校で習っていない複数の読み方を学んだりするのは、いつまでも辞書のページを眺めていたいくらい、楽しくてワクワクすることだった。

周りから求められていないし、期待されてもいないけど、やめられないこと。

幼少期のさやこにとって、ピアノというのは、そういうものだったのかもしれない。

もちろん、漢和辞典とピアノを重ね合わせるのはあまりにも失礼だし、そう思うのは僕の勝手なのだろうけど——なんとなく、そしてちょっとだけ、彼女との距離が近くなったような気がした。

𝄞

「いやあ、本当に、すごいものを見たよ」

第二部室棟から出て、正門へと歩く道すがら、僕はしきりに感心し続けていた。

「褒めすぎですよ。なんだか照れちゃいます」

「いくらでも照れればいい。それに十分値する演奏だった」

そう主張すると、さやこが顔中に笑みを浮かべた。

「何ですか、『照れればいい』って。いったいどうしちゃったんですか」

「それほど衝撃(しょうげき)を受けたってことだよ。ピアノという楽器に対する概念(がいねん)を打ち砕(くだ)かれたような気がするな。ペダルを踏み分けることといい、椅子や身体の位置といい」

「概念、ですか」

さやこは急に難しい顔をして、人差し指をあごに当てた。

「時田さん。腕が三本ある人がピアノを弾いたら、どんな音楽になると思います？」

「三本？」

「はい。もちろん、例えばの話、ですけど」

「そうだなあ」頭の中で想像してみた。なんだか怖い絵面だ。「指が十五本あるから、ものすごく音が多くなって、複雑な演奏ができるんじゃないかな。高音部、中音部、低音部を同時に弾くとか」

「そうですよね。音が厚くて、圧倒されるような演奏ができそうな気がします。じゃあ、もし、世界中の人が三本の腕を持っていて、みんなが十五本の指でピアノを弾くことができたとしたらどうでしょう」

「うーん」

そういう考え方は、今までにしてみたことがなかった。

「二本の腕、十本の指で弾いたピアノは、『音が少ないな』って印象になるんじゃないでしょうか」

「たぶん、そうだろうね」

「でも、当たり前のことなんですけど、二本の腕で弾いたピアノというのは、ちゃんと音楽として成立しています。だったら、一本でも同じなんじゃないでしょうか。世の中の『普通』に比べると音が少ないかもしれないけど、そのものだけを評価すれば、これだってれっきとした音楽だと思うんです。指が十五本か、十本か、五本か。それだけの違いです」

　さやこの口調には熱がこもっていた。そう言い切ってから、さやこははっとしたように口を押さえ、はにかんだ。

「――なんて、大げさすぎましたね。でも、それくらいピアノが好きってことなんです」

「熱意はよく分かったよ」

　正門を出て、左へ曲がる。この道をまっすぐ行くと、地下鉄の駅がある。歩くと十分くらいだ。

　その道のりを行く間、左手に広大な敷地を構えているのが、大学の附属病院だった。

　さやこのことを気遣いながらも、ほんの少し急ぎ足になるのを抑えられなかった。

　しばらく歩き、大学病院の正面玄関前に差し掛かる。ちらりと、建物の方向へと目をやった。

　悪い予感が当たってしまった。

　正面玄関から、実習用のケーシー白衣を着た三人組が出てきた。そのうちの一人と、ぱっと目が合う。慌てて目を逸らしたけれど、僕だということは相手に分かってしまったようだった。数か月前にポリクリ班が一緒だった同期の男子は、ずいぶんと驚いた顔をしていた。なんで時田がここに、と訝しがっているのだろう。

気まずさを押し隠し、僕はそのまままっすぐ歩こうとした。

「病院のスタッフさんたちが、こちらを見てますよ。お知り合いですか？」

さやこが不思議そうな顔をして立ち止まった。僕は「ああ」と思わず呻いた。

「とりあえず、行こう」

そう言って歩き出すと、さやこがワンテンポ遅れて後ろからついてきた。

「大丈夫ですか？　三人とも、ずっと時田さんのほうを見つめてましたよ」

「うん。医学部の同期なんだ」

「えっ、そうなんですか。病院の方じゃないんですね」

「ポリクリ――病院実習中なんだ。医学部の五年生っていうのは、一年のほとんどの間、大学へは行かずに、ああやって実際の病院で見習いをしているんだよ。それが六年生への進級要件なんだ」

僕はあくまで短く言った。「……行ってないんだ、実習」

えっ、とさやこが声をもらした。

「僕は現在医学部の五年生だけど、来年六年生にはなれない。五月からずっと、大学病院に行ってないからね。先月、補習用の追加ポリクリに招集されたけど、それも休んだから留年が確定してるんだ。他の五年生があんなに忙しくしてるのに、こうやってブラブラしていられるのは、そういうわけなんだよ」

淡々と語る。たぶん冷たく聞こえているだろうな、と考えた。

「それは――どうしてですか？」

さやこが、恐る恐るといった様子で尋ねてきた。

「冗談みたいな話なんだけどね」僕は小さくため息をついた。「血が、見られないんだ」

「血が？」

「うん。もちろん、写真とか、映像だったらまだ大丈夫なんだよ。そういうのだったら、医学部に入学してから四年生までの間に、講義でたくさん見せられてきたからね。グロテスクな傷口の写真を目にしただけで卒倒する学生もいるんだけど、僕の場合、多少気分が悪くなるくらいだった。でも――」

昔見た光景が急にフラッシュバックしそうになり、慌てて押しとどめた。

「――現場の肌感、って言うのかな。それがダメだった。手術や緊急搬送で現実に見る血っていうのが、どうしても耐えられなかったんだ。目の前で死んでいく人もいれば、大きな後遺症が残る人もいる。それを見ていられなくて、早々にリタイアしてしまった。本当、情けないよ。入学当初ならまだしも、五年生になってから気づくなんてね。四年間もの時間を費やして勉強してきたのに、バカみたいだよ」

僕は自虐的に笑ってみせた。

「もう、医者になることは、諦めようと思ってるんだ」

さやこが、真剣な目でこちらを見つめているからだろうか。そんな本音を、ぽろりと言ってしまった。

具体的なことを何一つ話していないのに、こんなことだけ断片的に聞かされて、さやこはさぞ困惑していることだろう。黙って歩くさやこの横顔にちらりと目をやって、僕は少しだけ反省した。

駅までの残りの道のりを、一言の会話もなしに歩いた。

地下鉄の駅の入り口を、二人でくぐる。階段を下り、改札に差し掛かったとき、さやこが「あの」と口を開いた。

「ごめんなさい。時田さんがお医者さんになったら右腕を治してほしいとか、無神経なこと言って」

不意を突かれ、「え」と気の抜けた声を出してしまった。

さやこを責めたつもりは、毛頭ない。そう言い返そうとしたけれど、遮るようにしてさやこが言葉を続けた。

「明日、行きたいところがあるんです」

——明日？　僕と一緒に？

既に二日連続で会っているのに、明日も会いたいということだろうか。

彼女の積極性にちょっとびっくりしながらも、少しだけ、胸が高鳴った。恐る恐る、訊き返してみる。

「行きたいところ？」

「はい。いい場所があるんです。そこで勉強を教えてもらえませんか？　ちょっと遠いんですけど、私の一番のお気に入りの場所なので、時田さんに来てもらいたくて」

いつにもまして、有無を言わさない口調だった。僕がしどろもどろになりながら頷くと、さやこはぱっと顔を明るくした。

「それじゃ、明日は、午後一時に春日部駅でお願いします」

「え、春日部？」

「楽しみにしてますね！」

さやこは左手を大きく振りながら、改札へと駆けこんでいった。その左手で鞄の外ポケットからパスケースを器用に取り出し、するりと改札を抜けて、やがてホームへと続く階段へと去っていく。そんなさやこの後ろ姿を、見えなくなるまで呆然と眺めていた。

横浜から春日部までは、電車で一時間四十分の道のりだった。JR線で北上し、錦糸町（きんしちょう）で半蔵門（はんぞうもん）線に乗り換（か）える。押上（おしあげ）を過ぎると電車はいつの間にか東武（とうぶ）スカイツリーラインという名前になっていた。

乗り過ごしたくなくて最初は気を張っていたのだけれど、窓を通ってきた陽光が僕の肩や首をちょうどいい温度にしてしまうものだから、途中でついうとうとしてしまった。起きたときには、もう春日部が二つ先の駅になっていた。窓の外には、延々と住宅街が続いている。

さやこは、改札の真正面で待っていた。僕の顔を見つけると、途端に表情を輝かせ、こちらに向かって左手を大きく振った。

僕が来るのをこんなに楽しみに待ってくれるなんて、やっぱり変な子だな、と思う。でも、悪い気はしなかった。

近づいていくと、さやこは左手をロータリーのほうへと向けた。

「バスがもう来てるんです。急いで急いで！」

そう言って、ちょっとぎこちない動きで駆けていく。僕は慌ててその後を追い、駅前に停まっていた路線バスに乗り込んだ。

「へえ、バスに乗るんだね」

二人掛けのシートに身体を落ち着け、バスが発車した頃、隣のさやこへと話しかけた。

バスの座席はあまりゆとりがなくて、長袖の黄色いブラウスに包まれたさやこの右腕が、僕の身体にずっと触れている。僕はそわそわしていたけれど、さやこは気に留めていないようだった。もしかすると、右腕が僕の身体と接していることに気づいていないのかもしれなかった。

「駅から、バスで二十五分なんです。遠いでしょう、私の家」

バスの所要時間よりも、さやこの最後の言葉に度肝（どぎも）を抜かれ、僕は思わずのけぞった。

「え、今から家に行くの？」

初耳だった。地元だから詳しいのかな、とは思っていたけれど、自宅に行くとは聞いていない。

「あ、違いますよ。行きたいところが、私の家から歩いてすぐの場所にあるんです」

「そうか。ああ、びっくりした」

胸を撫で下ろすと、さやこが可笑しそうに頬を緩めた。

「今から行くところ、素敵なお店なので、きっと気に入ってくれると思います。お腹は空（す）いてますか？」

「ぺっこぺこだよ。電車に乗ってる間にお昼の時間が過ぎちゃったからね」

「なら良かった。マスターの作るオムライス、絶品なんですよ」

　どうやら、目的地は飲食店らしい。マスターという呼称といい、そこで勉強を教えてほしいという依頼内容といい、おそらく個人経営のカフェだろう。

　僕の予想は、ぴったり当たっていたようだった。他愛もない雑談をしながら二十分以上バスに揺られていくと、県道沿いに田んぼや畑と住宅が交互に並んでいるような、どこか落ち着いた気持ちになる風景が続くようになった。その途中で、さやこが降車ボタンを押した。バス停で降りて、二分ほど歩く。そこに、洒落たログハウスがあった。

　こぢんまりとした喫茶店の扉を、さやこは大きく開け放した。

「マスター、ただいま！　連れてきました」

「けっこう時間がかかったな」

　奥から、思ったより若々しい声が聞こえてきた。「だって、駅までバスで往復したんだもん」と、さやこが口をすぼめている。

　店の中には、端に広いカウンターがあり、手前に四人掛けのテーブル席が三つ並んでいた。他に客はいない。木目調のテーブルにはワイン色のランチョンマットが敷かれ、角砂糖を載せた上品なガラス製小皿が置いてあった。

　そして部屋の奥には、黒光りしているグランドピアノがあった。ピアノの上には木で造った丸看板が飾られていて、『カフェ　ピアニッシモ』という英文字が彫ってある。

　茶色いエプロンをつけた店員が、カウンターの向こうから微笑みかけてきた。三十代後半か、四十代前半ぐらいの、ぱっちりとした目が印象的な男性だった。黒い髭を生やしていて、髪も左右に分けて綺麗に整えている。中年の主婦に好かれそうな容貌だ、と直感的に思った。

「マスター、こちら、時田習さん」さやこが僕のほうへと左手を向けた。「私の二つ年上で、医学部の五年生。横浜から、東京の大学に通ってるそうです」

　さやこは次に、店員のほうを指し示した。

「時田さん、こちらは、マスターこと――えっと」

「門沢です。このカフェの店長してます。って言っても、ほぼ一人でやってるんだけどね」

　マスターはそう言ってから、「おい、名前忘れんなよ」とさやこに向かって笑いながら毒づいた。

「だって、普段使わないんですもん。『俺のことはマスターと呼べ』って私に教え込んだのは、マスターじゃないですか」

「さやこが小学生のときの話だろ。まさか大人になっても呼ばれ続けるとは思わなかったんだよ」

その言葉に、さやこがキラキラと笑った。二人は古い付き合いのようだ。

「時田くん、遠くからわざわざご来店ありがとう。さっき、さやこから話は聞いたよ。家庭教師をやってくれてるんだって？　キャンパス見学に行って医学生を捕まえてくるなんて、さやこも意外とやるよなあ」

マスターは、気の良さそうな喋り方をした。

「しかもさ、まだ会って三日目なんだろ？　強引に迫られて、迷惑してない？　さやこって、けっこう突っ走って人を振り回すところがあるからさ」

「ちょっとマスター、変なこと言わないでください」さやこがマスターの言葉を遮るようにして、頬を膨らませた。「焦ってたんですよ。秋の模試も近くなってきたのに、全然勉強ができるようにならなくて、どうすればいいんだろうってものすごく悩んでて。そんなところに、時田さんが現れたんです。大げさかもしれないですけど、救世主か、ヒーローみたいに見えました。それで勉強を教えてもらったら、すごく優しくて分かりやすくて、なんだか嬉しくなっちゃって」

「まあまあ言い訳は分かったから。時田くんに嫌われないように、気をつけろよ」

マスターは声を上げて笑ってから、店の中を指し示した。

「好きなとこ、座りなよ。勉強するならテーブル席がいいか？　広いほうが本を並べやすいよな」

誘導(ゆうどう)されるままに、手前のテーブル席につく。さやこが慣れた様子で荷物入れの籠(かご)を引き寄せ、水色のトートバッグを中に置いた。

「注文はオムライスでいい？」

マスターが尋ねてきた。どうやら自他ともに認める推(お)しメニューらしい。僕は「お願いします」と頭を下げ、一緒にブレンドコーヒーを注文した。

「さやこも食べるよな」

「はい。オムライスと、アップルティーで」

「よーし、承知」

マスターがカウンターの奥へと去ってから、テーブルの上にあったメニュー表を手に取ってみた。食事のメニューはオムライスの他にパスタとピザがいくつかしかなかったが、ドリンクの種類は豊富だった。コーヒーにも紅茶にも、深いこだわりのある店のようだ。どうせならちゃんとメニューを見て選べばよかったな、と少しだけ後悔(こうかい)した。

「いい感じの店だね。よく来るの？」

「そうですね。時間のあるときは、毎日のように来てます」

「毎日？」少し驚いた。「それはすごいや」

「家がすぐそこなので、昔からマスターには仲良くしてもらってるんです。このお店、見かけによらず、意外と古くって。今年でオープン十二周年なんですよ」

「じゃあ、さやこは――」頭の中で逆算してみる。「――小学三年生くらいのときから、この店の馴染(なじ)みってこと？」

そう訊くと、さやこは左手を胸に当て、天井を見上げた。腕を組むのと同じ意味を持つ動作のようだった。

「そうですね、確か。もちろん、当時はカフェの代金なんて払えませんから、ピアノだけ弾かせてもらってたんですけどね」

さやこが、ふふ、と思い出し笑いをする。

「マスターったら、すごく優しいんですよ。ピアノの下手(へた)な小学生が自分の好きな曲を演奏してるだけなのに、『バイト代』なんて言って、時々オレンジジュースを差し入れてくれて」

「今も昔も、さやこはうちの大事なピアノ弾きだよ」カウンターの向こうから声が飛んできた。「――とか言って、報酬(ほうしゅう)の内容もまったく変化してないんだけどな」

「おかげで、いろんな紅茶を試させてもらってます」

お客さんがいる前でピアノを演奏すると、バイト代としてドリンクを無料にしてもらえるのだ、とさやこは説明した。「もちろん、そうじゃないときはちゃんとお金を払ってますよ」というさやこの弁解に対し、「そりゃ、無条件でタダにしてたら、こんな小さな店すぐに潰れるわな」とマスターが笑った。

「いやあ、でもさ、最近は俺よりもさやこ目当てで演奏を聴きに来る客も多いんだ。ろくに金も払えない小学生にピアノを練習させてあげた甲斐があったってものだよ」

　俺の店なのに、ちょっと悔(くや)しいけどな——という声が聞こえてきた直後、カチカチとコンロの火を点ける音がした。途端にお腹が空いてきた。そういえば、今日は朝食を食べていなかった。

「門沢さんも、ピアノを弾くの？」

　小声で、さやこに質問した。さすがにそのままマスターと呼ぶのは気が引けて、苗字(みょうじ)で呼んでみたのだけれど、むしろ落ち着かない気持ちになった。僕の些細(ささい)な葛藤(かっとう)を察したのか、さやこは「マスターで大丈夫ですよ」と潑溂(はつらつ)と言った。

「ここ、見てのとおり、ピアノカフェなんですよ。料理をしたりコーヒーを淹(い)れたりしてるとき以外は、マスターがお客さんのためにピアノを弾くんです。私なんか比べものにならないくらい、ものすごく上手なんですよ。音大のピアノ科出身ですから」

「いやいや、大したことはないんだ。音大って言ったって、名門でも何でもないからね」

　カウンターの奥から、マスターが口を挟んできた。

「大学を卒業してから、数年はもがいてみたんだ。でも残念ながら、演奏家として食っていけるほどの実力は到底ないことが分かった。だから地元に戻ってきて、俺なりの理想の店を出したんだ。始めたときは半分やけだったんだけど、こういう常連客がついてくれて、なんとか細々やってるよ。ま、代金を払ってくれるようになったのはごくごく最近だけどな」

マスターはさやこのほうを指差し、すぐに料理へと戻った。いつの間にか、卵を焼く良い香り(かお)が漂っている。

「あんなこと言って、私がピアノの弾き方で悩んだり詰まったりしていると、昔から優しくアドバイスしてくれてたんですよ。ピアノはほとんど教室に通わずに独学で覚えたって言いましたけど、実際は、ここで教わったようなものなんです」

さやこが、口元を緩めながらグランドピアノのほうを見やった。

「あの椅子だって、マスターが私のためにわざわざ作ってくれたんですよ」

ピアノの椅子に注目する。なるほど、と僕は手を打った。木で造られたピアノの椅子は、異様なほど横に長い、ベンチのような形になっていた。

「さやこがいろんな位置に身体を移動させやすいように、か」

「そうなんです」

あれなら、弾くときにわざわざ椅子を動かさなくても右端に座ることができる。それだけでなく、演奏中に身体の位置を変えて、曲調の変化に応じて負担(ふたん)の少ない姿勢を取ることも可能だ。その特別な形には、片手でピアノを弾くさやこへの配慮が滲(にじ)み出ていた。

「ここが練習場所だったってことは、さやこの家にはピアノはないの？」

さっきから気になっていたことを尋ねると、さやこは「ないんですよ」と悲しげな顔をした。

「一階でお店をやっているので、ピアノを置けないんです。古い木造建築だから、二階に置くのもダメで」

「お店？　何の？」

「和菓子屋です」

「あれ、もしかしてさっき通ってきた？」

ここに来る途中、和菓子屋らしきお店の前を通った記憶があった。「あ、それです」とさやこはあっさりと言った。

「和菓子、好きですか？　帰りに、何かお土産あげますね」

「いやいや、それは悪いよ」

だんだんと、さやこの日常生活が明らかになってきた。普段は家業の和菓子屋を手伝い、空き時間にはこのカフェにピアノを弾きに来ている。そのうえ教師になるために大学受験の勉強までするなんて、けっこう大変で難しいことなのではないだろうか。

しばらくして、マスターがオムライスを二つ、大皿に載せて運んできた。僕は思わずりとした薄い卵が覆いかぶさっていて、上にはデミグラスソースとホワイトソースが半分ずつかかっている。これで六百五十円なのだから、看板メニューなわけだ——と、僕は一瞬で納得した。

すぐに、ブレンドコーヒーとアップルティーも運ばれてきた。マスターはカウンターの後ろへと戻っていき、皿洗いを始めたようだった。心地よい水の音がする。

スプーンを取って、食べ始める。空腹だった上に漂ってくる匂いにそそられていたからか、僕はペロリとオムライスをたいらげてしまった。その間、さやことは「美味しいね」「はい」くらいの会話しかしていない。さやこのオムライスはまだ半分くらい残っているのに、僕だけ食べるものがなくなって、手持ち無沙汰になってしまった。

「おお、そんなに美味しかったかい。店主冥利に尽きるね」

マスターがカウンターの後ろから出てきて、お手製のピアノ椅子に腰かけた。

「はい、とても」

こんなに食欲がわいたのは久しぶりのことだった。まだ食べ足りないくらいだ。普段は少食なのに、今日はオムライスのご飯を多めで頼まなかったことを後悔した。

「オムライスはさ、十五年くらい前に付き合ってた彼女が好きだって言うから、ものすごく練習したんだよ。でも、途中から、作り方を研究すること自体が無性に楽しくなっちゃってさ。いつの間にか彼女は俺に愛想尽かして出て行って、俺の元にはオムライスの特製レシピだけが残ったってわけ」

マスターはそんなことをぼやきながら、ベンチをまたぎ、ピアノのほうを向いて腰かけた。

音楽をやる人というのは、みんなこういう独特のオーラを持っているのだろうか――と、さやことマスターをこっそり見比べながらちらちらと考えた。

マスターは、静かにピアノを弾き始めた。聞いたことがある旋律だったけれど、曲名は知らなかった。

「この曲は？」

「ドビュッシーの『亜麻色（あまいろ）の髪の乙女（おとめ）』です」

ああ、これがそうなのか、と頷く。マスターのピアノは、アンティーク調の家具の置かれた室内によく響いた。静かなのに力強い。音に厚みがあって、一フレーズごとに胸に迫ってくる。

ある意味、さやこのピアノとは対照的なのではないか。

これをさやこが弾いたらどうなるのだろう――と想像を巡らせながら、オムライスの残りひとかけを口に運んでいるさやこを眺めた。

やがて、短い曲の演奏は終わり、マスターは僕の知らない曲を演奏し始めた。僕とさやこに気を使っているのか、音量を抑えて弾いているようだった。

オムライスを食べ終えたさやこが、トートバッグに手を伸ばし、教科書やノートを取り出し始めた。今日は、英語を勉強するつもりのようだ。高校のときに使ったらしい単語帳や文法書が次々と出てくる。

さやこが片腕にそれらの本を抱え、僕の左隣の席へと移動してきた。でも、その目はちらちらとピアノを弾くマスターのほうへと向けられていた。

——こんな誘惑だらけの場所で、勉強なんかできるわけないよな。

そう思いながらも、形だけは教え始める。さやこも、僕の説明一つ一つに、懸命に頷いていた。

ただ、それも最初だけだった。

「ここは動詞が hope だから、続くのは you じゃなくて」——さやこが頷く。

「この場合は、that 節がいいかな。ここまでは大丈夫?」——さやこが、ワンテンポ遅れて頷く。

「現在形か未来形か迷うかもしれないけど、これは明らかに未来のことを言っているから」——さやこは、首を動かさずに、ピアノを弾くマスターのほうを見つめている。

だんだん、僕のほうも、自分が何を教えているのか分からなくなってきた。昨日部室棟で聴いた、さやこが紡ぎ出す音楽を、今マスターが奏でている旋律に、いつの間にか頭の中で重ね合わせてしまう。

しばらく経って、さやこは「あっ、ごめんなさい」と慌てて背筋（せすじ）を伸ばした。左手のシャーペンを握り直し、申し訳なさそうな顔をして僕のことをまっすぐに見上げてくる。

僕は苦笑して、ピアノのほうを指し示した。

「いいよ、弾いてきなよ」

「え、でも……」

「いや、僕もちょうど、聴きたいと思ってたんだ」

そう言うと、さやこがぱっと顔を輝かせた。「本当ですか」と嬉しそうな声を上げ、大きな声でマスターに話しかける。

「マスター、ちょっと弾いてもいいですか」

「もちろん。うずうずしてるんじゃないかと思ってたよ」

「うわ、分かっててやってたんですね」

マスターは不敵な笑みを浮かべながら立ち上がった。

「お前がピアノのある場所で勉強しようっていうのがそもそもの間違いだろ」

「見抜いてたなら最初に忠告（ちゅうこく）してほしかった！」

「いやいや、家庭教師を連れてくるって俺に報告してきたの、ついさっきだろ。忠告する暇も与えなかったくせに」

　そんな軽口を叩きながら、マスターがカウンターの後ろへと戻っていき、さやこが長いピアノ椅子の右端に腰を下ろした。僕は席から立ち上がって、さやこの背後へと近づいていった。

　それにしても、さやこはずいぶんと勉強が苦手そうだった。ピアノへの興味の示し方と、全然違う。僕とは正反対だけれど、それが逆に、僕にとっての彼女の面白さであり、魅力になっていた。

　曲の始まりには、ほとんど何の前触れもなかった。

　彼女が、ふわりと、鍵盤に左手をのせる。

　音の粒が耳に流れ込んできたとき、僕のまぶたの裏に浮かび上がってきたのは、風にそよぐ春の日の洗濯物だった。

　何という曲だろう、と考える。ゆっくりとした、優しい音の連なり。その旋律からして、たぶん、クラシック曲だ。それを、五本の指でできる限り忠実に再現できるよう、アレンジしたもの。うっすらと聞き覚えがあるから、有名な曲なのだろう。レストランなどのＢＧＭで、よくかかっている気がする。

　クラシックということは、少なくとも百数十年から三百年くらい前に作られた曲だ。そこには壮大な時間の流れがあるはずで、ともすれば遠く、果てしなく、他人事のようにも感じてしまうものだと思う。

それなのに、肌に直接触れてくるような、この日常感は何だろう。柔らかな音とその間の静けさが、僕の心に居場所を見つけてするりと入り込んでくる。

気取ることもせず、無理に盛り上げようとすることもなく、柔らかな音とその間の静けさが、僕の心に居場所を見つけてするりと入り込んでくる。

彼女の指は、絶えず左右に跳躍を繰り返しているにもかかわらず、常に脱力しているように見えた。さらさらと鍵盤の上を動き、ごく自然な動きで鍵を押し、音を生み出している。だからこそ、強く力を込める箇所が際立った。いや、もしかしたら、そういうときでさえも、指に力は入っていないのかもしれなかった。些細な姿勢の違いや腕の角度で、細かい抑揚(よくよう)を作り出している。しかも、それは意図的でなく、あくまで自然な流れの中で行われていた。

当たり前のように紡ぎ出される音楽に耳を傾けていると、視界に入る彼女の手がたった一つであることに、ふと驚かされる瞬間が何度も訪れる。分かっているのに、すぐに頭から離れていく。そしてまた現実として目の前に浮かび上がる。

――『普通』に比べると音が少ないかもしれないけど、

――これだってれっきとした音楽だと思うんです。

――指が十五本か、十本か、五本か。それだけの違いです。

この間、さやこが熱心に語っていた言葉を思い出す。

まさにそのとおりだ、と僕は思った。

その後も、さやこはいくつかの曲を立て続けに弾いた。ほとんどは音楽に疎い僕でさえメロディを聴いたことがある有名曲だった。例えば、ドビュッシーの『月の光』。先ほどマスターが弾いたのも同じドビュッシーだったけれど、さやこのドビュッシーは、より繊細で、少女が声を震わせているような響きを含んでいた。

映画の主題歌になった、ポップスとクラシックの間のような曲もあった。さやこは、僕を楽しませるために、僕でも知っていそうな曲ばかり集めて即興でアレンジし、メドレーにしてくれているようだった。

「クラシックは、普段はあんまりやらないんです。楽譜に忠実じゃなきゃいけなくて、疲れちゃうので。易しい部分ならある程度再現できるんですけど、ショパンの『別れの曲』もドビュッシーの『月の光』も、真ん中あたりがけっこう難しくて、原曲とはかけ離れたものになっちゃうんですよね」

ひととおり弾き終わって満足した様子のさやこが、幾分残念そうに言った。

「冒頭だけのイメージで『いけるかな?』って思って取りかかると、大抵、痛い目を見るんです」

「聴いてる限りでは、全然分からないよ」正直な感想だった。「まあ、僕に原曲の知識がないからかもしれないけど」

「確かに、それらしく見せようと努力してはいます。でも、だいぶ、ルール違反なんですよ。まあ、ピアノを習い始めたばかりの小さい子たちもアレンジ版を弾いたりするし、それと同じと考えれば許されるかな、って」

「さやこはそれでいいんだよ」マスターが会話に割って入ってきた。「プロのコンクールでだって、編曲をする人はいるんだぞ。さっきの『別れの曲』だって、仮にプログラムに載せるとしたら、『作曲：ショパン／清家さやこ』になるわけだ。とんでもなくかっこいいじゃないか」

「それはちょっと大げさすぎません？」

さやこが首を傾げ、苦笑した。僕はマスターの話を聞いて疑問に思い、すぐに問いかけた。

「編曲がありなら、さやこも出られるんじゃないの？　コンクール」

「それが、難しいんですよ」さやこが軽い口調で言った。「コンクールっていうのは、大抵、課題曲があるんです。例えば――あ、マスター、さいたまクラシックコンクールって、どんな感じでした？　去年、出場してましたよね」

「うん。確か、ショパンのエチュードから一曲と、モーツァルトのソナタの第一楽章をどれか一つだったかな」

「――って感じで、かっちり決まってることが多いんです。あとは、バロックから一つ、ロマン派から一つ、近現代から一つ、みたいに大まかな年代が決まっていて、それに沿って曲を選ばないといけないパターンもあります。そうすると、私は、どうしたって太刀打ちできません。予選、本選を通じて全て自由曲っていうコンクールは、ほとんどないんですよ」

「まあ、あるにはあるんだけどな」マスターが言葉を継いだ。「『全クラ』とか」

「それはレベルが高すぎですよ。私には絶対に無理です」

さやこがひらひらと左手を左右に振る。

マスターがどこからともなくパンフレットのようなものを取り出してきて、カウンターの上に置いた。近づいて手に取ってみると、表紙には『第二十七回 全国クラシックピアノコンクール 参加要項』という文字が並んでいた。全クラというのは、どうやらこのコンクールの略称のようだ。

「全クラは、国内で最もハイレベルなピアノコンクールのうちの一つでね。自由曲のみのコンクールの中ではダントツと言っていい。小中学生や一般の部はともかく、高校生や大学生の部は特に戦いが熾烈でさ。全国大会で優勝すると、ほぼ確実にピアニストとしての未来が約束されるんだ」

ぽかんとしている僕に気を使ってくれたのか、マスターはパンフレットを指差しながら懇切丁寧に説明してくれた。

「このコンクールのいいところは、ＤＶＤ審査や書類審査がなくて、誰でも予選に出場できることなんだ。まず地区での予選があって、そのあと県ごとに本選がある。それを勝ち抜くと全国大会。全国大会は、赤坂の有名ホールで、毎年クリスマスの日に演奏会形式で行われるんだ。ピアノ弾きなら誰でも一度は上りたい、夢の舞台さ」

「ちなみにマスターは、本選の常連なんですよ」さやこが左手を口元に持っていき、囁くように言った。「今年も、埼玉県の本選に勝ち残ってるんです。すごいですよね」

「ええっ、そうなんですか」

　驚いて、カウンターの向こうのマスターへと問いかける。マスターは満足げな顔をして、わざとらしく片目をつむってみせた。

「今年の埼玉県の本選は、一般男子の部が十月二十五日、一般女子の部が十月十六日。会場は全国大会とは比べものにならないけど、一応演奏会形式だから、ぜひ聴きに来てくれよ。チケットは融通するから」

「あ、ありがとうございます」思わず恐縮して、ぺこりと頭を下げた。「で――課題曲が設定されていなくて、全曲自由に選んでいいなら、どうしてさやこが出場するのは難しいんですか」

　さっきここで二人のピアノをそれぞれ聴いたけれど、マスターだけが本選に出場できて、さやこがダメだという理由が、僕にはどうしても分からなかった。さやこのピアノは、マスターと同じくらいか、もしかしたらそれ以上に、僕の心をつかんで離さないのだ。素人だから正確な判断ができていないかもしれないけれど、少なくともコンクールに出るくらいは許されてもいい気がした。

「まあ、自分で言っといてあれだけどさ……ハードルがものすごく高いのは事実だろうね」

マスターが腕を組み、うーんと唸った。

「全曲を通じて片手で演奏するっていうのは、少なくとも全クラの歴史では前代未聞だし、それを両手の演奏者と並べたときに評価してくれるかどうかというと、やっぱり疑問が残る。それと、ピアノのコンクールっていうのは、どこの門下生だとか、過去のコンクール入賞歴だとか、見えないものが影響するんだよ。俺みたいに、曲がりなりにも音大出だったらまだいいんだけど、どこぞの先生に師事したこともないとなると、なかなかね」

ああ、と小さく呟いた。そういうことなら頷ける。

僕は自分の無知を恥じた。ピアノの世界というのは、厳格なルールや慣習があって、上に登ろうとするためには様々なハードルを乗り越えなければならないようだ。

「時田さん、私、昨日も言ったと思うんですけど……ピアノは、本当に、好きだからやっているだけなんです。だから、コンクールとか、演奏会とか、そういうのとは無縁ですし、あんまり興味もないんです。音楽を専門に勉強されている方々と比べたら、もう全然、全っ然、レベルが違うんですよ」

　さやこはちょっぴり下を向き、顔を赤くした。

「でも、近所の子どもたちの前でピアノを弾くのは大好きなので、学校の先生になって、生徒が歌うのに合わせて伴奏ができたりしたら、素敵だな——って思ってるんです」

　その言葉からは、さやこのピアノに対する純粋な想いが伝わってきた。こちらを見上げてきたさやことしばらく見つめ合ってから、僕は小さく頷いた。

「その夢、応援するよ」

「ありがとうございます。……あっ」

　さやこは目を見開き、声を上げた。

「大変。勉強、全然やってないですね」

「やりたい？」

「うーん」

　さやこはまだピアノを弾きたそうだった。僕も、まだ聴いていたかった。

　結局、その後も、朗らかなピアノ演奏を聴くことに終始してしまった。僕がリクエストを出すと、さやこはどんな曲でもアレンジして弾いてくれた。知らない曲があると、マスターにバトンタッチする。一曲終わると、また、さやこがピアノを柔らかく鳴らし始める。

ピアノカフェという落ち着いた空間で、昼下がりの陽光が差し込む中、優雅で自由なピアノ演奏に耳を傾ける。

こんなにゆったりとした時間を過ごしたのはいつぶりだろう。そんなことを考えてはみたけれど、ちっとも思い出すことができなかった。それくらい、久しぶりの感覚だった。

𝄞

またおいで、というマスターの元気な声に見送られ、ピアノカフェを後にした。

もう外は薄暗くなっていた。空気も涼しい。昼間はまだ夏のようだったのに、日が暮れると急に秋めいた匂いが流れ出す。道の向こうから吹いてくる風が、緩やかにさやこの前髪を揺らした。

「ずいぶん長いこといましたね」

「うん。楽しかった」

「ああ、良かったです」さやこが胸に手をやった。「遠くまで来させちゃったから、これで時田さんが退屈したら私の責任だなって、ドキドキしてたんです」

「考えすぎだよ」

そう答えたものの、少し口元が緩んでしまった。さやこは、無自覚で僕を振り回していたのではなく、きちんと考えた上で誘ってくれていたようだ。

「でも、結局全然勉強しなくって……本当にすみません。最初は、ちゃんとやるつもりだったんですよ。これは本当です」

「いいよ、逆にこっちが申し訳ないくらいだ」

家庭教師として呼ばれたという感覚は、この数時間でずいぶんと薄くなっていた。これでいいのだろうか、とも思うけれど、だからと言ってこの状況にわざわざ自分から疑問を呈(てい)したくはなかった。

許されるものなら、できるだけ長く、この居心地のよさに呑まれていたい。もちろん、僕がここにいるのは偶然が積み重なった結果でしかないことは分かっている。だけど、もうすっかりそういう心境になってしまっていた。

さやこの横顔を見やる。風に目を細め、幸せそうな表情をしていた。

胸のあたりが、さわさわと震える。

「あ、和菓子屋って、あれ？」

落ち着かない気持ちを鎮(しず)めるため、さっきから道の反対側に見えてきていた小さな木造の建物を指差した。一階には綺麗な薄紅色の暖簾(のれん)がかかっていて、二階のベランダには洗濯物が干してある。

「そうです」

さやこはにこりと微笑み、「あ」と声を上げた。

「お土産、渡す約束してましたね。ちょっと待っててください」

ひらり、と身を翻して、さやこは左右を確認してから道を渡っていった。一応バス通りだから、たまに車が通る。慣れている様子だったけれど、さやこの足のことを思うとちょっとひやりとした。でも、心配には及ばないのだろう。さやこの右足は、動きがぎこちないとはいえ、そんなに悪くはなさそうだった。

深刻なのは、やはり右腕だ。そもそも、動く左腕と動かない右腕では身体のバランスが取れない。走るときにさやこの肩が左右に揺れ動くのは、右足のせいではなく、きっと腕のせいだった。

体育の授業はほとんどできなかったんだろうな、と考える。スケートや平均台なんかは、挑戦さえさせてもらえなかっただろう。さやこがどれだけの不都合を抱えながら生活しているのか、仮に全て挙げようと頑張ってみても、僕の頭で考えただけでは絶対に出てこない気がした。

――さやこにもし両手があったら、どんなピアノを弾くのかな。

そんなことを考え、少し感傷的な気分になりながら、さやこが消えていった店の入り口を眺めていた。

強い人だ、と思う。

ここ三日間、そんなさやことずっと一緒にいるせいか、僕の気持ちもずいぶんと晴れやかになってきていた。

道のこちら側に佇んだまま、店の方向へと目を凝らす。薄紅色の暖簾の上に、『絢乃屋』という屋号が白い文字で書かれていた。

しばらく時間が経って、さやこが白い包みを持って店から出てきた。道を渡って戻ってきて、「はい」と包みを差し出す。

「芋ようかんと、栗どら焼きです。今朝、私が作ったんですよ。まだまだ見習いなので、両親に手伝ってもらいながらですけど」

「あ、ありがとう」

手作りの和菓子をプレゼントされるなんて、当たり前だけど初めてのことだった。赤いモミジがちりばめられているデザインの包み紙が目を引いた。包みを受け取ると、なんだかあたたかい手触りがした。

「秋だから、モミジなの？」

そう訊くと、さやこは首を横に振った。

「一年中これなんです。母が好きみたいで。さすがに春夏は、葉っぱの色を変えてますけどね」

そう言って、僕の手の中の包みを見やりながら笑う。

不意に、横からパタパタと足音が聞こえた。見ると、小さな女の子が三人、こちらに向かって駆けてきていた。「あ、アヤ姉だ！」という大きな甲高い声を、そのうちの一人が発する。

「あ、こんにちは」

さやこが優しく微笑み、ひらひらと三人に向かって手を振った。小学校の低学年だろうか。背丈の小さな女子三人組は、無邪気にさやこに飛びついてきた。さやこが着ているブラウスの裾や袖をつかみ、「この人だあれ？」と言って僕の顔を見上げる。

「お友達。今日、わざわざ横浜から来てくれたんだよ。横浜ってどこだか分かる？」

「うーん、東京？」

「神奈川じゃないの？」

別の子が声を上げると、「当たり！　すごいね」とさやこが親指を立てた。

「遊んでたの？　どこで？　ここ？」

「ピアノカフェだよ。マスターと私のピアノを聴いてもらってたの」

「わあ、アヤ姉のピアノ、もえちゃんも聴きたい！」

三番目の子が手を挙げると、「みーちゃんも！」「ゆうちゃんも！」と次々と名乗りが上がる。

「じゃあ、今度ね」

「えー」

「今日はもうそろそろ晩ご飯の時間でしょ。そうだなあ、じゃあ、日曜日のお昼にでも」

「約束だよ！」

三人は嬉しそうな声を上げて、バイバイ、と叫ぶと、パタパタとまた足音を立てながら走り去っていった。

僕らも、再びバス停へと歩き出した。もうすぐそこだ。

「今、何て呼ばれてた？『アヤ姉』？」

歩きながら訊くと、「そうなんですよ」とさやこが可笑しそうに言った。

「本当なら『サヤ姉』なんですけど、店の名前と混ざっちゃったみたいで。うちの和菓子屋さん、絢乃屋、って名前なんです」

「ああ、だからか」

「はい。最初に私のことを呼んだ子が言い間違えて、それ以来そのまま。サ行の音って、小さな子たちは発音しにくいらしいんですよね。まあ、確かに、『絢乃屋で働いているお姉さん』なので間違いではないですけど」

「そっか。その法則でいくと、さやこのご両親は『アヤパパ』と『アヤママ』？」

「あ、面白いこと言いますね。どちらかというと、そろそろ『アヤジジ』と『アヤババ』かな」

その返しに、思わず噴き出してしまった。「さやこって、意外とひどいこと言うんだ」

「いえいえ、事実です。もう六十近くですもの」

さやこにもこういうお茶目なところがあるんだな、とほっこりした気持ちになる。この様子を見る限り、両親とは仲が良さそうだ。こういう子を育てた両親はどんな人なのか、少し見てみたくなった。

「いやあ、バスに乗ったときはてっきり家に連れていかれるのかと思ったから、びっくりしたんだよ」

下心たっぷりに、話を蒸し返す。だけどさやこは、「うちなんかに来ても、ピアノもないし、つまらないですよ」といつもの調子で謙遜してしまった。往きのバスで自宅に行くのかと勘違いしたときの動揺はどこへやら、ちょっとだけ残念な気持ちになる。

ほどなくバス停に着いた。タイミング良く、五分後にバスが来るようだ。さやこがさりげなく時間を見計らってくれていたのだろう。

「そういえばさ、さやこは教員になりたいって言ってたけど、具体的には何の先生になりたいの？」

「ええと、音楽の先生です」

「へえ」

僕は少し首を傾げてから、「中学か高校の？」と尋ねた。

「音楽専門でやろうと思ったら、そうなりますね。でも、小学校の先生も素敵だなって。ほら――さっきのあの子たちも、小学生なんですよ。よくピアノを聴きに来てくれるんです。ああいう可愛くて純粋な子たちが、少しでも音楽を楽しく感じてくれたら、私も嬉しいです」

「ってことは、教員になることは決めてるけど、実際に何の先生になるかは未定なんだね」

「はい。大学に入ってから、ゆっくり決めてもいいかなって思ってます。四年間もあるし、時間はたくさんあるはずなので」

さやこは左手を顔の前に持ち上げ、握って開いてを何度か繰り返した。僕は黙ってその様子をじっと見つめていた。

「もうすぐ来ますね、バス」

「うん」

「駅まで、私も乗っていきましょうか」

「いいよ、大丈夫。遠いんだから、この時間から往復なんてさせられないよ」

「そうですか？　じゃあ、ここでお見送りしようかな」

さやこはちらりと後ろを振り返った。さやこの自宅である和菓子屋は、バス停からよく見える。そういえば、三日間も連続で昼間に出歩いていたわけだから、家の仕事もそろそろ手伝わないといけないのかもしれない。年下だし、受験生だけど、さやこは社会人だ。留年が確定している暇な学生とは、全然立場が違う。

道の向こうに、バスのライトが見えてきた。それが近づいてくるのを眺めながら、僕は密かに焦っていた。

今日のさやこは、次に会おうという約束をまだ言い出さない。

僕はまだ、これからも家庭教師として呼んでもらえるのだろうか。この関係を続けてもいいのだろうか。さやこの音楽を聴く機会は、再び訪れるのだろうか――。

そんな心の声が、いつの間にか、口から出てしまっていた。

「近いうちに、また来てもいいかな」

そう言ってから、慌てて「今日、結局勉強できなかったしね」と付け加える。

さやこは驚いた表情をして、それからぱっと顔を輝かせた。

「もちろんです。いつでも来てください。待ってます」

「ありがとう。また連絡するよ」

彼女の頬は、初めて屋上で出会ったときのように、ほんのり赤く上気しているように見えた。僕の顔はもっとあからさまなのだろうな、と思うと、急に恥ずかしくなった。

やってきたバスに一人で乗り込んだ。バスはすぐに発車した。外を見ると、さやこが手を振っていた。さやこはずっと、僕の姿が見えなくなるまで、こちらに向かって懸命に左手を振り続けていた。

# 第二曲　僕の左手

布団の中で目を開けた途端に晴れやかな気持ちになるなんて、ずいぶん久しぶりのことだった。

いつものようにぐずぐずと二度寝をして夢うつつの間をさまようことはせず、すぐに起き上がる。昨夜きっちりアイロンを当てておいたシャツをクローゼットから出してきて、外出用に身支度(みじたく)を整えた。

最近使っていなかったワックスを机の引き出しから取り出そうとして、なんだか笑いが込み上げてきた。こんな僕にも、浮き立つという言葉が似合うような状況は訪れるのだ。それはなぜだか、新発見のように思えた。

さやことバス停で別れてから三日が経った。今日は、再びあのピアノカフェに行くことになっていた。

一昨日、勇気を出して携帯に電話をかけてみた。「日曜日だったら、きっとこの間の子どもたちも遊びに来ますよ」とさやこは声を弾ませていた。子どもたちはいてもいなくてもいいのだけれど、さやこがいっそう楽しそうにしている様子を見られるのなら、周りは賑やかなほうがいいのかもしれない。そう考えて、日曜の昼に待ち合わせ時刻を設定した。

さやことの電話を切ってからというもの、僕は今日の午後一時を心待ちにしながら時間を過ごしていた。どうやったら時間が早く経つのかが分からなくなり、ずいぶんと暇を持て余した。

次にさやこに会うまでにできることはないかと考え、思い立ってパソコンで片腕のピアニストについて調べたりもした。

案外、世界的には過去に例があるようだった。片手用に書かれたピアノ曲というのも数十曲程度存在するらしい。いろいろと調べてみた中で最も興味深かったのは、第一次世界大戦で右手を失ったパウル・ヴィトゲンシュタインというオーストリアのピアニストが、金持ちの家に生まれたのを良いことに、数々の著名な作曲家に依頼して左手専用の曲を作ってもらったという話だ。現存している左手向けピアノ曲の半数程度はヴィトゲンシュタインのおかげで作られたものだというのだから、その功績は凄まじい。

そのうちの一つを、試しに動画サイトで視聴してみた。ラヴェルという作曲家の作品で、『左手のためのピアノ協奏曲』という名前だった。オーケストラとともに演奏する形式で、左手の曲の中では最も有名な曲らしい。ただ、なんだかやけに低音を掻き鳴らす部分が多く、威圧感と過度な重厚感だけが耳に残った。

さやこにはまったく似合わない曲だな――と思い、すぐにブラウザを閉じてしまった。

僕は、映画やCMの曲を自由にアレンジして弾く、爽やかで楽しそうなさやこの姿が好きだった。こういうクラシック音楽とはイメージが違う。一口にピアノといっても、いろいろな種類があるようだ。

でも、片手で弾くピアノというのが大きな可能性を秘めているということは、音楽に詳しくない僕でもよく理解できた。それが、さやこと会っていないこの三日間の収穫だった。

ワックスの容器を取り出して引き出しを閉め、そのまま自室を出た。階段を下りていくと、キッチンで母が調理をしている音が聞こえてきた。

珍しいな、と思うと同時に、嫌な予感が頭をよぎった。月曜から土曜まで働きづめの母は、休日の日曜であっても、ほとんど家事をしない。洗濯や掃除は各自、食事は別々で主に宅配弁当かインスタント食品、というのが僕と母の間に定められた暗黙のルールだった。つまり、母がわざわざ料理をするときは、僕と顔を突き合わせて話したいことがあるときだ。

高校三年生の、進路選択のときだってそうだった――と、思い出す。

もともと日曜は、母と顔を合わせる時間を極力減らすために昼過ぎまでは自室で寝るようにしていたのだけれど、今日ばかりは仕方がない。洗面所で顔を洗って髪を整えてから、僕はリビングへと足を踏み入れた。

「おはよう」

小さな声で、呟くように言う。高揚していた気分が、呆気なく現実へと引き戻された。数か月前から、母の顔がまともに見られなくなっていた。

「おはよう。ほら、朝ご飯作ったから、食べて」

母は既に食卓についていた。僕の足音を聞きつけていたのだろう。その声はいつも以上に冷めていた。

――ああ、とうとう。

なんとなく察しはついた。母の向かいの席に腰を下ろし、あくまで何気ない様子を装いながら味噌汁の椀を引き寄せた。

「ねえ、習。実習の単位、落としたの？」

――やっぱり。

「昨日、大学から通知が届いたんだけど。こういう場合って、保護者宛てに手紙が来るんだね」

母は箸を持ったまま、身じろぎもしなかった。

「本当に留年したの？　確定？」

「うん」

「もう手立てはないの？」

「うん」

「実習なんて、長期欠席でもしないと落第にはならないでしょう。いったいいつから行ってなかったの」

「……五月」

「何それ。四か月も前じゃない。聞いてないよ」

言わなかったからね、と心の中で呟く。

「学費の問題もあるんだから、まずお母さんに報告するのが筋でしょう」

「ごめんよ」

「昼間外出してたのは、実習に行ってないことをごまかすためだったわけね」

「うん」

「どうして？　今まではずっと成績も良くて、試験に落第したことなんて一回もなかったじゃない。解剖だって実験だって、全部真面目にやってきたんでしょう。急にどうしたの」

頭に血が上った母の、一見冷静な詰問口調は、昔からどうしても好きになれなかった。

——お父さんなら、こういう言い方はしないのに。

父にならお父さんなら、本心を打ち明けられたかもしれない。父はいつも、まず僕の話を聞いてくれた。その心地よさと安心感は、幼心によく理解していた。その反面、母は自分の主張ばかりが前に出る。論理的に話しているようでいて、実は感情的だ。僕が何を話したとしても、最終的には自分の考えたとおりに片づけようとする。

「急に嫌になったんだよ」

「嫌になった？　そんな理由で四か月間も親に黙ってふらふら遊んでたの？」

「医学部って長いから、疲れちゃってさ」

「お母さんだってお父さんだって、六年間ストレートで卒業したよ。他の子だって、みんなそうでしょう。勉強が追いつかなくて試験に落ちる子はいるかもしれないけど、その点、習は何の問題もなかったじゃない。だって勉強は昔から得意中の得意なんだから。それが、まさか、病院実習を欠席して留年だなんて」

ありえない、と母はため息を漏らした。

僕だって、そんなことになるとは想像もしていなかった。生化学や法医学を教室で学んでいる間は楽しかったし、知識を頭に詰め込むのも苦ではなかった。むしろ、細胞レベルで僕たちの身体の仕組みが解明されていく過程には、楽しささえ感じていた。

医者という職業には適性があるのかもしれない。進路選択のときは迷ったし、これでいいのかと何度も自問自答したけれど、母に勧められた医学部を選んで良かった。

本気でそう思っていた。

それを変えたのは、あの――。

目の前に浮かびそうになったおぞましい光景を振り払い、僕は味噌汁の椀を持ち上げて急いで啜った。弾みで汁が少しだけこぼれ、二人掛けのダイニングテーブルを濡らした。

「いつまでお母さん一人にお父さんの留守を預からせる気？　前から何度も言ってるけど、看護師や事務員を雇ってまでお父さんが開いた医院を続けてきたのは、習にいつか継いでもらうためなんだからね。それがお父さんの遺志だろうし、私だって習には安定した生活を送ってほしいと思ってるんだから」

はいはい、と僕は俯いたまま頷いた。

「お母さん一人だったら、身一つでどこかの大きな病院にでも勤めたほうが楽だったんだよ。でも、習はあの頃から勉強がよくできて優秀だったし、将来はお父さんみたいなお医者さんになりたいって言ってた。そんな習のためを思ったから、お母さんはこうやって――」

本当に、僕の将来の夢は医者だっただろうか。宇宙飛行士とか、大学教授とか、草花博士とか、たくさんあった夢のうちの一つではなかっただろうか。

母が僕に期待をかけていたことは知っている。父が死んでからというもの、母はずいぶんと苦労してきた。父が開業した小さな医院を一人で切り盛りしながら、小学生だった僕を叱咤して勉強させ、名門と呼ばれる中高一貫校に入れ、私立大学の医学部にまで入学させた。もちろん、学費は全て母が工面した。もう大丈夫だ、子育ては終わった、と安心していたに違いない。

気のない相槌しか打たない僕に愛想を尽かしたのか、母は大きく肩を落とした。

「もういい。疲れたんなら、今年はそれを解消するのに全力を使いなさい。で、来年はきちんとやるのよ。私大の医学部は学費だってバカにならないんだから」

あと一年半で終わりだと思ってたのに——と、母が悔しそうに呟いた。

僕が大学を辞めたがっているという考えは、母の頭にはないようだった。

しばらくの間、黙って朝食を食べた。味噌汁の椀を空にし、魚に手をつける。母もようやく食べ始めたけれど、すぐに箸を置いてしまった。母の視線を感じたまま、僕は少ない朝食を胃の中に押し込んだ。

「ごちそうさま」

ひじきの残りを飲み込んで、席を立ったとき、母が「あ」と声を上げた。

「いつもの手紙、届いてるよ。荒城さんから」

はっとして、壁のカレンダーを見た。三十個並んだ数字の中から、一つの日付がすっと目に飛び込んでくる。

ドクリ、と心臓が大きな音を立てた。

――今日か。

視界の中に、椅子から立ち上がった母の姿が入ってきた。細かい黄緑色の葉の模様がうっすらと入った和紙の封筒を、こちらに向かって差し出してくる。差出人の記載がある面が上になっていた。『荒城藤子』という右上がりの文字が見える。

縦書きの白い便箋に、整った字で、丁寧に綴られた手紙。

――十二年前の僕への、感謝の言葉。

「要らないよ」

僕はとっさに、母の手ごと封筒をはねのけた。

「もう読みたくないって言ったよね。送ってこないでほしい、とも。荒城さんにちゃんと話した？」

「ずいぶん前にね。『習は思い出したくないと言っているので、もう手紙は読んでもらえそうにないです』って、やんわりと。でもその後も、毎年私宛てに送られてくるの。荒城さんね、習にものすごく感謝してるみたいよ。今回の手紙も、ご家族の近況報告なんかが書いてあって――」

「お母さん宛てに来てるんだったら、僕に見せなければいいだろ。その話はもうしないで」

「そんなこと言ったって……今日はテレビをつけたらあのニュースばっかりじゃない」

「テレビなんか見ないよ」

耐えきれず、部屋を飛び出した。自分が使った皿は自分で洗うのがルールだったけれど、そのまま食卓に放置した。「ちょっと、習！」という母の声が後ろで聞こえた。

さっき見たカレンダーの日付が、ちかちかと頭の中で瞬いていた。階段を上りながら、急に胸が苦しくなってくるのを感じた。だんだん目の前が赤く曇ってくる。

――外に出たくない。

今日は、無理だ。忘れていた。情報を耳に入れたくない。他人と接触せず、部屋に閉じこもっていたい。

自室に入ってすぐ、ポケットから携帯を取り出した。さやことやりとりしていたページを表示し、『ごめん、今日は無理そう』とテキストメッセージを打って、何も考えずに送信する。

携帯を床の上に投げ出し、ごろりと布団の上に寝転がった。思考をシャットアウトしてしまいたかったけれど、再び眠れる気はしなかった。ワックスをつけたばかりの髪をぐしゃぐしゃと掻き回し、堅苦しいシャツは身体から剝ぎ取った。

部屋の中を見回すと、物を整理しようと思ってクローゼットから出してあったテレビゲーム機が目に入った。

――どうせなら、何かに没頭したほうがいい。

乱暴に、ゲーム機を引き寄せた。部屋の隅にあるテレビモニターと繋ぎ、電源をつけ、昔クリアしたことのあるゲームを意味もなく始める。

僕にとっては、一年で一番心が痛む日。

不運なことに、まだ時計の針は午前八時を指していた。

♪

振動音が聞こえた気がして、ゲームを一時停止した。ぼんやりとした頭で音の方向を見やると、床に放っておいた携帯電話の画面が光っていた。

ずるずると身体を引きずっていき、表示されている文字を読む。『清家さやこ』とあった。

はっとして、鳴動(めいどう)している携帯電話を手に取った。壁の時計を見る。もう時刻は午後二時を回っていた。

「……はい」

通話ボタンを押し、恐る恐る声を出す。ややあって、『ああ、時田さん』という嘆息(たんそく)まじりの細い声が聞こえてきた。

『何度もメッセージ送ったんですよ。電話も三度目です』

さやこの声は震えていた。怒らせてしまったようだった。

ごめん、と僕は小さな声で呟いた。全然気づいていなかった。

『今――外ではなさそうですね。家ですか？』

「うん」

小さなため息が、電話の向こうから微かに聞こえてきた。

『今日、綺麗に晴れてるんです。気持ちの良い日曜日ですよ。外に出ましょうよ』

「それは、ちょっと」

『体調が悪い、とかですか？』

「そういうわけじゃないんだけど」

『だったら、会ってもらえませんか。私、今日、時田さんに来てもらうのをすごく楽しみにしてたんですよ』

さやこが悲しそうに言った。しばらく黙っていると、『ダメですか？』という遠慮がちな声がまた聞こえた。

悪いことをしたな、と反省した。約束の当日になって、たった一文のテキストメッセージでキャンセルされたら、誰だって怒るだろう。その上、何時間も連絡が取れず、理由の説明もないのだ。きっと呆れ果てているだろうな、と思うと、今更ながら胸がズキンと痛んだ。

電話の向こうから、男性の声が聞こえた。くぐもったアナウンス。その裏では、人混みの中にいるかのような雑音が絶えずしていた。

「あれ」気になって問いかけた。「さやこ、今どこにいる？」

『横浜駅です』

「え、横浜？」

『どの出口から出ればいいですか。時田さん、ここに住んでるんですよね』

「ちょっと待って」僕は慌てて立ち上がった。「横浜駅が最寄りなわけじゃないよ。市内に住んでるだけなんだ」

え、と今度はさやこが声を上げた。横浜市の広さをよく分かっていないに違いない。同じ市内とは言っても、僕が住んでいる場所から横浜駅までは、電車で大体二十分くらいかかる。

『じゃあ、ここから、どの電車に乗ればいいですか？』

「いや、とりあえず――」と言いながら、考えを巡らせた。「そこで待ってて。僕がそっちに行くよ」

春日部から遠路はるばる横浜駅まで来られてしまったら、もう断る術はない。すぐそこまで来ているさやこをそのまま埼玉に追い返すなんてことは、さすがにできるわけがなかった。

さやこから現在地を聞き出し、電話を切った。脱ぎ捨ててあったシャツを着て、急いで部屋を飛び出した。

横浜駅のＪＲ改札口のそばで、俯いて立っているさやこの姿を見つけた。名前を呼んで近づいていくと、さやこはすぐに顔を上げた。その顔には、いつもの微笑みは浮かんでいなかった。

「今朝、いきなりあんなメッセージ送りつけて、ごめん」

まずは謝罪の言葉を述べる。そうすると、「こちらこそ、押しかけてきちゃってすみません」という小さな声が返ってきた。

「時田さんのこと、こうやって家から連れ出すなんて、無理やりすぎますよね。迷惑ですよね」

「そんなことないよ」

「時田さん、私に会いたくなかったかもしれないのに」

「違う。そういうわけじゃないんだ」

さやこは、いつものようなブラウスとスカートという組み合わせではなく、シルエットの細い紺色のワンピースを着ていた。首元にはハートの形をした銀色のペンダントが光っている。そう考えるのは僕の思い上がりかもしれないけれど、もしかしたら、今日のためにお洒落をしてくれていたのかもしれなかった。

僕はなんて自分勝手だったのだろう。いつものように笑わないさやこを前にして、今さら罪悪感が押し寄せてきた。

「今日、このまま、付き合ってもらってもいいですか？　せっかくこっちまで来たので、横浜か都内のどこかに行ってみたいんです」

「ごめんよ、僕が春日部まで行くことになってたのに」

「謝らないでください。カフェもマスターも逃げたりしませんから、また今度顔を出すことにしましょう」

都内も横浜もあまり詳しくないから場所を選定してほしい、とさやこは僕に依頼してきた。僕だって詳しくないのだけれど、そう言われたら懸命に知恵を絞るしかなかった。

「そうだな、ランドマークタワーの展望台とか？」

「うーん」

「じゃあ、みなとみらいの海のほうかな」

「うーん」

「スカイツリー？　東京タワー？」

「うーん。そのへんは、ちょっと気が向かないです」

そう答えたさやこの唇は真一文字に結ばれていた。やっぱり、僕に腹を立てているようだった。

江の島とか、八景島シーパラダイスとか、いくつか他に候補を挙げてみた。だけど、なぜだか全部却下されてしまった。さやこがどんどん不機嫌そうになっていくのが分かった。

焦りが存在感を増してきた頃、僕の頭の中に、ある場所の名前が現れた。

――ああ、ここにしよう。

そう決めた瞬間、僕の心のざわめきはすっと消えた。

「相洋台駅はどう？」

口に出すと、さやこがはっとした顔をしてこちらを見上げてきた。

「相洋台駅って、今日――」さやこは人差し指を唇に当て、眉尻を下げた。

テレビか新聞でも見たのだろう。今日という日にその駅の名前が何を意味するのか、一般的な知識は備えているらしい。

「どうしてですか？」

「行ってみたいから」

さやことなら、行ける気がした。むしろ、今日を逃してしまったら、もう僕は一生あの場所を訪れようとしないだろう。そんな予感があった。

しばらくの間、さやこは困惑したような顔をしてこちらを見ていた。僕の表情から、何かを読み取ろうとしているようだった。

「いいですよ」

彼女がこくりと頷いた。

♪

駅舎は、あの頃と様変わりしていた。

ホームは薄いベージュ色の敷石で整然と舗装され、ガラス張りの待合室が中ほどに建てられていた。奥には最新のタッチスクリーン式自動販売機が並べてあり、その横には品のある白いベンチが据えてある。沿線の他の駅は古びた灰色のアスファルトに黄色い点字ブロックという作りなのに、ここだけ洗練された雰囲気を漂わせているのは、この駅を所有する鉄道会社の意図とは反対に、むしろあの日のことをいつまでも引きずっているように見えた。

あれから十二年の歳月が流れた。今日という日を未だ忘れることができていないのは、僕だけではないようだった。ホームの端には多くの花束が並べられていて、テレビカメラを抱えたカメラマンやマイクを持ったリポーターが幾人か、その周りをうろついていた。

「あの、今朝のニュースで見たんですけど……ここって、脱線事故があった駅ですよね。ちょうど十二年前に」

　さやこが不安げな顔で問いかけてきた。

「どうして、ここに来たかったんですか」

「あの事故があったときって、君は何歳？」

　質問に質問で返すと、さやこはホームの屋根を見上げた。

「小学三年生、くらいですね」

「じゃあ、微妙に覚えてるかな。列車が駅のホームに突っ込んで転覆して、三十名が亡くなったあの事故のこと」

「はい。ものすごいニュースになってましたから」

「……乗り合わせてたんだ。あの列車に」

　僕はすっかり面影がなくなっているホームを眺めながら言った。

　ここにやってくる過程で、薄々感づいていたのかもしれない。さやこは黙って僕の顔を見上げていた。

「相洋台駅なんて、名前も知らなかった」僕はできる限り淡々と語った。「急行電車しか使ったことがなかったからね。近所の住民しか使わないようなこんな各停の駅、一生降り立たなくてもおかしくなかったんだ」

僕はホームをぐるりと見回した。本当に、痕跡は消し去られているようだった。でも、至近距離に家々が立ち並ぶ周りの風景は変わらない。そうやって遠くを眺めてみると、やっぱりここはあの事故が起きた場所なのだと、確かに感じられた。

「終点駅の近くに、広い運動公園があるんだ。小学生の頃、父が休みの日には、その公園に二人で行ってよく遊んでいた。あの日も、いつものように、フリスビーやボールを持って、横浜駅から電車に乗り込んだんだ。その二十分後――スピードを出しすぎた急行電車は、カーブのすぐ先にあったこの駅にまっすぐ激突した」

映像がフラッシュバックしそうになった。思わず固く目をつむる。

運転手の持病の発作か、単なる不注意か、猟奇的な巻き込み自殺か。様々な説が囁かれたけれど、真相はついぞ分からなかった。当の運転手が即死だったからだ。そのほかに二十九名が犠牲になった。ほとんどは、ホームに横倒しになった先頭車両に乗り合わせていた乗客だった。

「僕は先頭車両に乗っていた。僕が助かったのは、列車が駅舎に突っ込んだ瞬間、一緒にいた父がとっさに僕の身体を抱え込んだから。おかげで致命的な怪我を負わなかった。でも、父は死んだ。壁に叩きつけられた衝撃で、内臓が破裂したんだ」

う、とさやこが呻き、左手を口に当てた。気持ちの悪い思いをさせてしまったかもしれない。さやこの目は潤んでいた。

「僕も激突の瞬間に気を失ったんだけど、しばらくして意識を取り戻したんだ。目が覚めなきゃよかったのに、と思うほどの惨状だったよ。床から外れた座席や網棚が折り重なっていて、その間に人が血を流して倒れていた」

脇腹に手すりが突き刺さっている人もいたし、ひしゃげた車体と地面の間に身体を挟まれて身動きが取れない人もいた。大半の人が意識を失ってぐったりとしていたけれど、苦痛に喘いでいる大人の声や、小さな子どもの泣き声も聞こえていた。

狭く絶望的な空間の中で、生と死が、限りなく死に近い状態で共存していた。

後ろを振り向くと、僕の身体の下で、父が白目を剝いて倒れていた。ぎょっとして起き上がり、何度も身体を揺すったけれど、父が返事をすることはなかった。額から大量の血が流れていた。辺りには生臭い臭いが立ち込めていた。

じきに、救急車やパトカーの音が聞こえてきて、周りが騒がしくなった。レスキュー隊の人が外から呼びかけてくる声がして、車内にも「助けて」「出して」という声が上がり始めた。だけど、レスキュー隊の人たちは、すぐには入ってこられないようだった。潰れて小さくなった車内には、小学五年生の僕一人が動き回れるくらいのスペースしか残されていなかった。

外から、緊迫した大声が聞こえた。自力で出てこられる人はこっちに来てください、というようなことを、誰かが何度も叫んでいた。

僕は無我夢中で行動した。僕が助けなければならない、と思った。

瓦礫や人の上を移動して、少しでも動いている人を見つけたら渾身の力で引っ張り出した。倒れたベビーカーの中で放心状態になっている赤ちゃん。頭を抱え込みうずくまって震えている老人。座席と座席の間から抜け出そうともがいている中年の女性。血まみれの男女の下敷きになり、涙にまみれた顔を覗かせている女の子。

中年の女性は、少し離れたところに倒れている僕と同い年くらいの息子にしきりに手を伸ばしていた。半身が若い男女の下敷きになっていた一年生くらいの小さな女の子は、その場にすがりついて、なかなか離れようとしなかった。でも、僕からすれば、もう助からないであろう彼らの連れに構う暇などなかった。彼らを瓦礫や人の山から引き剝がして声のほうへと連れていき、なんとかレスキュー隊員に引き渡した。隊員の指示に従って、中からドアを開けるのにも協力した。

「僕自身も、後から病院で診てもらったら肋骨を骨折してたんだ。でもそのときは感覚が麻痺したようになっていて、痛みなんて感じなかった。潰れた車両の中で自由に動き回れたのは僕一人だったから、一生懸命周りの人を助け出した。そのとき僕が助けた人やその家族は、僕のことを英雄だと言って、未だに感謝の手紙やお礼の品物を送りつけてきたりするんだ」

今朝母から渡されかけた手紙のことを思い出す。

ああいう感謝の気持ちを素直に受け取れないのは、あの事故で父が死んだせいだった。

しかも、父はただ死んだわけではなかった。

「レスキュー隊員が車両の中に入ってきた後、僕はすぐに救助された。で、近くの病院へと運ばれた。しばらくして、自宅から母が駆けつけてきた。そこで初めて、父の死を知らされた」

「それは……つらかったですね」さやこが声を震わせて言う。

「本当にショックだったのは、そのことじゃないんだ」

「え？」

「僕に父の死を告げたとき、母はこう言ったんだ。『お父さん、ついさっき、救急車の中で亡くなったんだって。もっと早く運び出されて病院に辿りついていれば、ちゃんと治療ができて、助かったかもしれなかったのに』ってね」

さやこがひゅっと息を呑む音が聞こえた。あのとき僕が受けた衝撃を再現したかのようだった。

「その言葉を聞いて、目の前が真っ暗になったよ。あのとき僕は、電車の中で血まみれになって倒れていた父を見て、もう死んでいると思い込んでしまったんだ。だから他の人を先に助けた。それなのに、実は、父は生きていた。つまり僕は、まだ助かる可能性のあった父の救助を、赤の他人よりも後回しにしてしまったんだ。あのとき僕が父を最初に運び出していれば、父は今でも生きていたかもしれない。そう思うと、悔しくて、やりきれなくて——」

「それは、分からないですよ」

さやこが強い口調で言った。

「時田さんのせいじゃないです。誰のせいでもないです」

その言葉を聞いて、ふっと我に返った。

十二年前の事故の日へとタイムスリップしていた頭の中が、花束の置かれたホームに佇んでいる現実へと戻ってくる。

「そっか。そういうことだったんですね」

風に揺れている花束の山を眺めながら、さやこが静かに呟いた。

「血が苦手っていうのは、これが原因だったんですね」

「うん。ポリクリが始まってすぐの四月頃に、救急車同乗実習があってね。……運悪く、僕が同乗した日に限って、管内の駅で飛び込み自殺が発生したんだ」

「飛び込み……」

「そう。それで、全部ダメになった」——信じられないくらい、呆気なく。

電車に接触した男性は、はね飛ばされてホームの端に倒れていた。駆けつけた段階ではまだ微かに心臓が動いていたから、急いで救急車に運び込んだ。だけど結局、大量出血が原因で、自殺を試みた男性は僕の目の前で死んでいった。

よりによって、十二年前の父と同じくらいの歳の、背格好までよく似ている男性だった。

駅、電車、血、呻き声。

臭い、味、感触、色。

心の奥底に封じ込めていたあの恐怖と臨場感、そして「死の気配」を、僕はそうして思い出してしまったのだった。

「仮にも医学部で四年間やってきたんだから、大丈夫だと思ってたんだけどね。気づいたら、検査のための血液採取さえできなくなってた」

——こうやって人に話すのは、初めてだったな。

誰かにこの体験を話したいと思ったこと自体、不思議なことだった。今までは、脱線事故に関する記憶は常に心の奥底に封じ込めていて、わざわざ引っ張り出そうとしたことは一度もなかったのに。

僕は花束の前まで歩いていって、ホームの床に膝をついた。

ちょっと待っててください——というささやこの声がして、足音がパタパタと遠ざかっていった。一人取り残された僕は、十二年ぶりに訪れた駅のホームで、ただじっと目をつむって手を合わせていた。

しばらく時間が経った。再び足音が近づいてきて、僕の脇で止まった。見上げると、紺色のワンピースを着たさやこが、左腕に大きな花束を抱えて佇んでいた。

「駅の向こうにお花屋さんが見えたので、買ってきました」

さやこはにこりと微笑んだ。その目尻には、小さな涙の粒が浮かんでいた。

「一緒に、置きましょう」

さやこが身体をひねるようにして、左腕に抱えた花束を差し出してきた。僕は慌てて立ち上がり、ピンク色の花束に両手を添えた。そして二人でゆっくりとしゃがんでいって、花束をホームの床に寝かせた。

床に両膝をついたさやこが、左手を胸に当て、祈るように目をつむった。

その横顔は、美しかった。

さやこは動こうとせず、そのままの姿勢でじっとしていた。僕はその様子をしばらく見守ってから、もう一度花束の山へと向き直った。

ゆっくりと両手を合わせる。そして目を閉じ、深く頭を垂れた。


♪

「ごめんね」

帰りの電車の中で、ふと口から言葉が漏れた。

「こんな重い話を聞かせちゃって。僕にとっても思い出したい話じゃないし、もう二度と言わないよ」

「ううん」

さやこは何でもないように首を左右に振った。その軽い調子に、救われたような心地になる。

横浜駅に向かう各停電車の中は、中途半端な時間だからか、ずいぶんと客が少なかった。同じ車両の中には、ぺちゃくちゃとお喋りをしている中年女性三人組と、黙って窓の外を眺めている老夫婦しかいない。本当は途中で急行に乗り換えたほうが早いのだけど、なるべく静かなところで心を落ち着けていたくて、各停に揺られていくことにした。

相洋台駅にいたのはほんの二十分程度のものだったけれど、それは思いのほか苦痛とは程遠い、安らぎすら覚える時間だった。今までは事故の話をすることや情報を見聞きすることさえ避けていたのに、あの生まれ変わった駅に降り立って語る間、僕の心は不思議なほど澄んでいた。

隣にいたさやこが、逆にこちらが吸い込まれてしまいそうなほど、真剣に話を聞いてくれたからかもしれない。少なくとも、十二年の時を経てあの駅に戻ってみる気になったというのは、僕にとっては大きな出来事だった。

「一つ、思ったんですけど」

「ん?」

「時田さんがお医者さんになろうとしたのも、事故のことが関係しているんですか。たくさんの人が命を落とす現場を見たから、そういうときに怪我人を助けられる職業に就きたかった――っていう」

「そうだね、まあ」父が開業した医院を継がなければならないというのが一番だったけれど、自分自身を納得させる上で、さやこが言ったような思いもあるにはあった。「結果的に、その事故が原因で医者になる道を断たれたんだから、見立てが甘かったってことになるんだけどね」

バカだよな、と改めて考える。四年間も痩せ我慢してきて、五年目になって決定的な壁にぶつかるなんて。

十八歳から二十三歳。簡単にはやり直せない、膨大な時間が既に過ぎ去っていた。

「あの、私」さやこが考え考えといった様子で言った。「時田さんと、自分のこと、ちょっと重ね合わせてたんです」

「え?」

――全然、違うじゃないか。

常に気持ちが前を向いていて、どんな人に対しても明るく振る舞えるさやこと、大学でこっぴどく挫折して、一人でふらふらと意味もない時間を過ごしている僕。これのどこが似ていると言えるのだろう。

　そんな僕の考えに反して、さやこは気持ちのこもった声で語り始めた。

「私、生まれたときから片手が使えないでしょう。ピアノをやる上では、もともと欠陥があるんです。どうしてピアノなんてやっているんだろう、指の本数が普通の人の半分しかないのに何を頑張ろうとしているんだろう、って暗い気持ちになったことも数えきれないくらいあります。右手も使えればこんな苦労しないのにな――って」

　動かない右腕のほうへと顔を傾けていたさやこが、ぱっと視線をこちらに戻した。左手をそっと差し出してきて、ゆっくりと開いてみせる。

「でも、そういうときは、あえてこう思うことにしてるんです。神様は、私の右手を使えないようにしたんじゃなくて、左手だけでも使えるようにしてくれたんだ、って。だって、この左手だけでもいろいろなことができるんです。五本の指でたくさんの音が奏でられます。日常生活もなんとかなります。ピアノを弾く上では、動かせるほうの手が左だったのも幸運なことだったんです。実は、右手のために書かれた作品って、ほとんど例がないらしいんですよ。力の強い親指で音の高いメロディ部分を弾けるのは、左手だからこそなんです。だから――私、この左手は、神様が私のために残してくれたものだと思うんです」

さやこは左手を胸の前で握りしめると、熱っぽい目でこちらを見上げてきた。

「時田さんの、脱線事故とお医者さんになる夢の話も、同じように考えられませんか？脱線事故が『右手』で、お医者さんになる夢が『ピアノ』です。脱線事故の経験は確かにつらくて重いものですけど、患者さんと同じくらいかそれ以上に大変な思いをしたからこそ、心の底から共感してあげたり、恐怖から解放してあげたいと強く願ったり——そうやって患者さんに寄り添ってあげられる優しさが、きっと時田さんには備わったんじゃないかなと思うんです。私みたいな出会ったばかりの赤の他人に、こんなに親切にしてくれる人、めったにいないですよ。だから分かります。動かない『右手』のおかげで育まれたその優しさが、時田さんにとっての『左手』です」

「僕にとっての左手……か」

思わず、自分の左手とさやこの左手を見比べる。

「はい」さやこがにこりと微笑む。「もちろん、両手でいろんな音を出して装飾して、どんな楽譜も完璧に演奏できるというのも羨ましいですし、憧れたりもします。でも、たぶん、右手を失ったからこそ分かる左手の良さっていうのもあると思うんです。指の本数が半分しかないからかもしれないですけど、左手だけでピアノを弾くと——本質、っていうか、真ん中、っていうか——そういう大事なところに近づけるんじゃないか、って気がして。だから、その、そういうものを大切にしながら、技術を磨いてハードルを乗り越えていけば、すごく素敵な場所に辿りつけるような気が……しませんか？」

さやこの話だとばかり思って聞いていたから、不意打ちの疑問形に面食らった。そんな僕の反応を見て、さやこはちょっとだけ不安げな顔になった。

「ちょっと、こじつけすぎでしょうか」

「いやいや」

「でも、本当にそう思うんですよ。別に、周りの人と同じじゃなくたっていいんです。お医者さんの中にも、精神科とか、内科とか、大怪我や手術に関係のない人もいますよね。そこを――『左手』だけで勝負できるところを自分の持ち場だって決めてしまえば、気持ちが楽になるんじゃないかと思うんです。もちろん、時田さんがその道を突き進む必要はまったくないですし、やめて戻ってもいいんですよ。でも、居場所はきっとあります。どちらを選んだとしても」

さやこは強い口調で断言した。僕に語りかけているというよりは、自分に言い聞かせているかのようだった。

「私も同じなんです。両手の分野では太刀打ちできないけど、左手のピアノっていうカテゴリーの中でなら、絶対に負けません。左手のピアニストとしてなら、私、きっと世界で一番なんです」

そう胸を張ってから、さやこは「あ、嘘」と口に手を当てた。「言い過ぎました。日本で一番、ですかね。いや、埼玉──ううん、春日部かも」

「急に自信を失くしすぎだろ」

思わず笑って突っ込むと、さやこも照れた笑みを返してきた。

さやこの言葉には、ピアノに対する思いが痛いほどこもっていた。話を聞くうちに、僕の頬はどんどん熱くなってきていた。

──生まれつきのハンデを背負っているこの子がこんなに一生懸命ピアノをやっているのに、僕は。

──こんなに眩しく見えるこの子が、僕という人間を自分と同じだと言ってくれているのに、僕は。

なんだか急に、さやこの髪に触れたくなった。

静かな衝動が、いつの間にか、僕の右手を持ち上げていた。

そっと手を伸ばし、彼女の顔の輪郭をなぞった。柔らかくて細い髪が、さらさらと僕の手の上に垂れた。

さやこの口が、驚いたように小さく開く。朱に染まった彼女の顔から目を逸らしながら、僕は髪に触れていた手を下ろした。そして、紺色のワンピースの裾のあたりに置かれていた白い左手を取り、その指の間にするりと自分の指を滑り込ませた。

彼女の左手が、僕の右手の中でぴくりと震えた。

「ありがとう」

　短く言って、右手に少しだけ力を込めた。

　前を向いたまま、窓の外の風景をひたすら目で追うよう努めた。その間、さやこが僕の横顔をじっと見つめているのが分かった。

　よかった——という声が聞こえた。さやこの左手が、僕の右手に全てを委ねるように脱力した。

「あのさ」

「はい」

「驚かないでほしいんだけど」

「何ですか」

「好きだな。君のこと」ぽろりと、言葉が飛び出した。

　首のあたりがかっと熱くなった。同時に、さやこが慌てて俯いたのが視界の端に映った。

　数秒経ってから、さやこがぎゅっと僕の右手を握り返してきた。

　私もです、という小さな声が聞こえた。

　自分で切り出したくせに、すぐには信じられなくて、僕は思わずさやこのほうへと向き直った。確認するように、さやこの顔を覗き込む。「恥ずかしいからやめてください」

と真っ赤になって、さやこはそっぽを向いてしまった。

そんな横顔を見つめたまま、黙って待った。しばらくして、耐えきれなくなったのか、さやこがぱっとこちらを振り向いた。

「これから」さやこが勢いよく言った。「よろしくお願いします」

「うん」

そう答えて頷くと、さやこがくしゃりと笑った。

ああ、これだ――と思う。さやこは気づいていないだろうけど、彼女はこの笑顔で、僕を救い出したのだ。

各停電車は、減速したり、停まったり、速度を上げたりを繰り返し、だんだん都会へと近づいていった。

それは気恥ずかしくも、この上なく愛おしい時間だった。

# インタールード　～間奏曲～

自分がスーパーマンだったら、どんなに良かっただろうと思う。

壁に挟まれている人を怪力で引っ張り出す。折れた金属の棒を瞬時に受け止める。うめいている怪我人を、ひとっ飛びで病院まで運ぶ。

そんなヒーローだったら。

あの光景を目の当たりにした日から、命というもののイメージがやけに軽くなってしまった。映画のワンシーンみたいに、いつも頭の中で繰り返される。たった一度の衝撃で、あれほど簡単に人が壊れていく光景が。

だから――。

「ブラームスって作曲家、知ってる？」

マスターがカウンター越しに問いかけてきた。なんとなく聞き覚えはあったから、

「はい」と頷いてみせる。

「バッハは？」

「それは分かります」

「じゃあ、シューマン」

「聞いたことはあります」正確には、中学の音楽の教科書で読んだことがある。大学受験のときに勉強した世界史の文化史にもちらりと出てきた。

「クララ・シューマンはどう？　奥さんのほうはさすがに知らないかな。こちらもピアニスト兼作曲家だったんだけど」

「うーん、初めて聞きました」

僕に音楽的知識が備わっていないことをからかおうとしているのかと思ったけれど、そうではないようだった。ひととおり僕に質問をぶつけ終わると、マスターは至極真面

目な顔で説明し始めた。

「バッハが作った曲に、シャコンヌっていう無伴奏バイオリンの作品があるんだけどね。クララ・シューマンが右手に怪我をして一時的にピアノが両手で弾けなくなったときに、ブラームスがこの曲を左手ピアノ用に編曲したんだ。そのときに、ブラームスはあることに気づかされた。彼はこう語ったんだ――『もともとバイオリン一つで奏でるシャコンヌという曲を、左手一本で弾くことで、この曲の本質に近づくことができた』ってね。両手ピアノ版は古くから演奏されてきたんだけど、左手だけで弾くことにも大きな意味があると、大作曲家が認めたんだよ」

マスターが顔を横に向けて、ピアノを弾いているさやこのほうを見やる。

今、左手の指を軽快に動かしながらさやこが楽しそうに奏でているのは、僕でもよくメロディを知っている、数年前に大流行したアイドルソングだった。小指で打つ跳ねるようなベース音の上に、親指や人差し指で鳴らす主旋律を華やかにかぶせ、三人しかいないカフェを賑やかな空気で満たしている。

「だからなのかな――さやこには、曲の『幹』がどこにあるかを見抜く力があるんだ。一番外しちゃいけない部分というのをきちんと押さえてる。だから音を少なめにしたアレンジをしてもスケールが小さくならないし、曲の印象も変化しない」

三日前、相洋台駅から帰る電車の中で、さやこが言っていたことを思い出す。片手で弾くことで曲の「本質」や「真ん中」に近づくことができる、と彼女は説明していた。それは、自分の実感というよりも、マスターに指摘されて感じるようになったことだったのかもしれない。さやこがこれほどピアノを上達させるまでには、このマスターという人の影響が多分にあったのだろう。

「そういう才能は、ものすごく重要なんだよ。コンクールでもそうなんだけど、ピアノの演奏には、大きく分けて二つの評価軸があるんだ。一つ目は、テクニック。二つ目は、音楽性」

マスターは僕の目の前に手を突き出して、指を二本立てた。

「テクニックは、細かい音符を転ばないで弾けるかとか、和声を理解して音楽的に構成されているかとか、要はピアニストとして備えていなくてはならない技術のこと。音楽性は、その曲の主観的な解釈。クラシック曲であれば、その作曲家が生きた時代背景や、曲に込められた意味をきちんと理解して、きちんと音楽の中で表現できているかどうか」

「なんだか難しそうですね」

「うん。ただ上手く弾けりゃいいってわけじゃないから、音楽の世界はシビアなんだよ。その点、さやこは、テクニックはまだ甘いところもあるけど、音楽性に関しては信じられないくらい秀でている。例えば、今弾いてるようなポップスの曲だと、歌い手それぞれの声や歌詞まで一緒に聞こえてきそうな気がするんだよね」

それは確かにそうだった。さやこが今弾いている五人組男性アイドルグループの曲には、本来、各メンバーのソロパートがある。少しハスキーな声、優しげな声、はっきりした尖っている声、伸びのある声――そういう細かな違いまで、さやこは忠実に弾き分けていた。五人の声が合わさるサビパート直前の一節からは、音が格段に大きく厚くなって、ドラマチックな盛り上がりを見せる。まるで、さやこ自身が曲の中に入り込み、観客の前で歌声を披露しているかのようだった。

「もったいないよなあ」マスターが小さな声で言って、ふっとため息を漏らした。「……あの子の右手がきちんと使えていれば、なあ」

「それは違うと思いますよ」

僕がすぐさま否定すると、マスターが驚いたようにこちらを見た。

「左手だからこそ、この良さが出ているんだと思います。手や指の数が半分というハンデがあったから、そのぶん片手だけで豊富な音色が出せるように、知らず知らずのうちに試行錯誤していたんじゃないでしょうか。さやこと出会ってから、ちょっと考え直したんです――ピアノは両手で弾くものだっていうのは、単なる思い込みなのかもしれないな、って」

半分はさやこからの受け売りだった。だけど、僕自身、そういうさやこの考えには心から共感するようになっていた。

マスターはしばらく腕を組んで唸ってから、「そうかもしれないね」と呟いた。でもその声には、依然として悔しさがこもっていた。

今日、ピアノカフェで会うことになったのは、さやこのほうからの提案だった。電車を乗り継いで春日部駅に辿りつき、今回は一人でバスに乗った。和菓子屋のそばのバス停で下車すると、そこにはオフホワイトのニットワンピースにベレー帽という姿のさやこが待っていた。

カフェまで歩き、入り口の木の扉を開けると、マスターが満面の笑みで出迎えてくれた。僕とさやことの関係に進展があったのを知ってか知らずか、マスターは前会ったとき以上に楽しげにしながら、いそいそと僕らをテーブル席に案内した。

平日の午後二時。今日もマスターのカフェに先客はいなかった。「毎回貸し切りで大丈夫なんですか」と尋ねると、「好きで貸し切りにしてるんじゃないけどな」とマスターはおどけた口調で言った。ちなみに、土日は近所の若者が訪れてしばしば満席になるらしいし、平日でもお昼時とバータイムは、満席ではないもののある程度の客は入るらしい。どうやら、常に閑古鳥が鳴いているわけではないようだった。

オムライスを食べてから、一時間ほど数学を教えた。論理と集合や場合の数について、なるべく簡単に説明したつもりだったのだけれど、さやこは理解するのになかなか苦労していた。結局、彼女は早々に教科書を投げ出してしまい、「勉強の合間の一休み」だと言い張って、ピアノのほうへと吸い寄せられていってしまった。

——まあ、ただの家庭教師ではなくなったのだし、これでもいっか。

家庭教師というだけの立場なら放っておけないけれど、僕は彼女の恋人としてここにいるのだ。そう自分に言い聞かせた。未だに、頭の中がふわふわしていて実感がなかった。

「ねえ、さっきから二人で、何の噂？」

不意にピアノの音が止み、さやこが声をかけてきた。横に長い専用ベンチから立ち上がり、赤いフェルトの布を鍵盤の上に広げ始める。ずいぶん長々と弾いていたけれど、さすがにもう終わりにするらしい。

「さやこのピアノの音楽性に俺が惚れてる、って話だよ」

マスターがおどけた口調で言うと、「うーん、嬉しいですけど、全然です」とさやこが力なく首を左右に振った。

「マスターが弾くと、音がすごく力強いじゃないですか。ああやって、ピアノを大きく鳴らせるようになりたいんです。すごく羨ましい」

「それはしょうがないだろ。俺は男で、さやこは女なんだから。体格の差だ」

「でも、オトイキョーコさんはピアノを大きく弾きますよ」

「オトイさんは身長が一七〇くらいあるんだろ。手もやたらとでかそうだし。それに比べて、さやこは――」マスターが、わざとらしく立っているさやこの身体を上から下まで眺め回す。「たったの一五〇ぽっち、か」

「その言い方、なんかひどい！」

さやこは一瞬マスターに向かってふくれっ面をしてから、「あ、オトイさんっていうのは、北欧を中心に活動している世界的ピアニストのことね」と僕のために注釈を加えた。

さっきから、さやこは僕に対して敬語を使うのをやめようと努力しているようだった。敬語とタメ口が混ざっている口調が、なんだか無性に微笑ましい。

さやこが近づいてきて、僕の隣のカウンター席に上ってきた。いつの間にか、手にはタブレット端末を持っている。端っこに『CAFE PIANISSIMO』と書かれたシールが貼ってあるところを見るに、店の備品のようだ。

「演奏動画、見る？」

さやこは手慣れた様子でブックマークから動画サイトを呼び出してきた。表示されたページには、『音井響子』の検索結果という文字が上部にあり、ピアノを弾いている女性の動画がずらりと並んでいた。いちいち検索しなくていいようにお気に入り登録をしているということは、それほど好きなピアニストなのだろう。

「音井響子……って、本名？」

「あ、ううん。本名は確か、井口響子さんだったかな」

「そうだよね。職業がピアニストで名前が『音井響子』だなんて、あまりにもできすぎだと思った」僕はタブレットの画面を覗き込んだ。真っ赤なドレスを着た、スタイルの良い女性がどの動画にも映っていた。「ピアニストでも、芸名をつけたりするんだね。てっきり、作家や芸能人だけかと」

「ほとんどは本名ですけど、たまにいますよ。ピアニストの場合は、『演奏名』って言ったりします」

「へえ、演奏名か」

　さやこは小さく頷くと、左手をタブレットへと伸ばし、一番上に表示されている動画に人差し指で触れた。しばらくして、タブレットから流麗なピアノの音が聞こえ始めた。

　びっくりするほど音の多い曲だった。低めの主旋律の上に、オクターブにまたがるような高音がすごい速さで散らされていく。テンポ自体はそれほど速くなく、どちらかというとメロディも物悲しくゆったりとして感じられるのだけれど、ちらちらと降り注ぐ細かい音の数が半端ではなかった。そしてその音の数が、曲が進むにしたがってどんどん増えていく。

「リストの『ラ・カンパネラ』です」さやこが耳元で囁いた。「聴いたことある？」

「いや、たぶん、初めて聴いた」

動画のタイトルを読む。『リスト：パガニーニによる大練習曲 第3番（ラ・カンパネラ）』とあった。恥ずかしながら、その曲名さえ知らなかった。

「超絶技巧って言って、すごく難しい曲なんですよ。なのに、音井さんの場合は技術があまりにも完成されてるから、なんだか全体がゆっくりとした、柔らかな曲調に聞こえるんです。私、音井さんのピアノが、昔から本当に大好きで」

「そうなんだ」

ちょっと意外だった。思いっきりクラシックだから、さやこが弾く曲の系統とはまったく異なる。もしかしたら、自分ができないからこそ憧れる、という心理が働いているのかもしれない。

「音井響子の他に、演奏名で活動してるピアニストっていたっけ？」マスターがコーヒー豆の袋を開けながら首を傾げた。「あ、野々村瑞樹か。あいつ、昔は野村正太郎っていう本名でコンクールに出てたのに、プロになってからは、性別不詳な名前がいいとか言って改名したんだよ」

「マスターと同じピアノ教室に通ってた方でしたっけ？」

「そうそう。あいつは家が貧乏で音大に行けなかったし、有名な先生に師事したわけでもないのに、コンクールの入賞経験だけで知名度を上げてプロになったんだ。とんでもない奴だよ」

「本当、すごいですよね」

「な。それに比べて俺は……」

急に頭を抱え出したマスターを、「まあまあ」とさやこが宥める。そんなさやこに、僕はふと気になって問いかけた。

「もし自分に演奏名をつけるとしたら、さやこならどうする？」

「え？」さやこはきょとんとした顔をした。「そうですね、何だろう」

さやこはあごに手を当てて、考え込む素振りを見せた。

「うーん……思いつかないなあ。考えたこともなかったです。そのまま『清家さやこ』でいいんじゃないでしょうか。というより、そもそも私、小学校の先生を目指しているんですよ？　演奏名というのは、プロとか、プロの卵がつけるものです」

「そっか。じゃあ、そろそろ勉強しようよ。このままピアノばかり弾いてたら、受かるものも受からなくなるぞ」

からかうように言うと、さやこは両の眉を下げた。

「だって、場合の数も集合も、難しいんだもん。……もう、大学なんて受からなくてもいいかも」

「それじゃ、学校の先生にはなれないぞ」

「冗談ですよ」

さやこは笑って立ち上がり、左手を高く天井に向かって挙げて、「今から再開します！」と宣言した。そのまま、教科書とノートが広げたままになっているテーブル席のほうへと戻っていく。

さやこが弱音を吐くのは珍しいな――と、ふと思い返した。少なくとも、僕と一緒に過ごしてきた時間の中では、初めてのことだった。

僕は音井響子の演奏動画を停止してから、さやこの後を追いかけた。

「あ、これ！　持ってきたんですね」

驚いたような声がした。見ると、さやこが僕の鞄の中を覗き込んでいた。彼女の指差した先には、医師国家試験対策用の分厚い参考書があった。

「ああ、うん。もし時間があったら、さやこが問題を解いている間に、僕も隣で勉強しようかなと思って」

さやこはしばらく、嬉しそうに微笑んだまま、僕の鞄の中をじっと見つめていた。そんなに注目されるのは、どうにも気恥ずかしかった。

「なんだか、やる気がわいてきた」さやこが明るい声で言い、いそいそと椅子に腰を下ろした。「一緒に勉強しましょう。一人でやるより、二人でやったほうがきっと楽しいよ」

僕もさやこの隣に座った。床に置いてある鞄へと手を伸ばし、循環器の参考書を取り出す。この間、さやこと医学部棟の屋上で出会った日に鞄に入れていたのは血液学の巻だったから、今日は念のため別の本を持ってきた。直接的に過去の傷に触れるのは、まだもう少し先でいい。

「あー、羨ましいなあ。俺も青春したい」

カウンターの向こうで、マスターが腕を抱えて身体を左右によじった。

「今、俺、全クラの埼玉本選に向けて練習しなきゃいけなくてさ。胃がキリキリしてるんだ。お前らの仲睦まじい様子を至近距離で見せつけられると、余計に痛みが増す」

「胃薬、買ってきましょうか」

「そういうことじゃないんだ」

さやこがおどけた様子で尋ねると、マスターは笑ってこぶしを振り上げた。

「胃薬と言えばさ」楽しそうな会話に、僕も加わってみる。「よく臓器の絵がパッケージに描かれてるけど、あれって、死んだ人の胃の形なんだよ。生きている人の臓器は、一人一人全然形が違って、あんな典型的な形をした胃なんて一つもないんだ」

「ええ、そうなんですか。あれが死んだ人の胃って考えると、なんだか不気味ですね」

さやこはそう言ってから、僕が広げようとしていた参考書を覗き込んできた。

「医学ってなんだか面白そうですね。少なくとも、数学よりは」

「こらこら、現実逃避しない」

僕が笑っていなすと、さやこは「はあい」と不満げな返事を残し、数学の教科書を手に取った。


五時過ぎに、マスターのカフェを後にした。空はすっかり朱色になっていて、僕らの顔を同じ色に照らした。もう十月に入ったからか、最近、急激に日没時間が早まっているような気がする。

「さっき弾いてた曲のさ、ぴろりん、ってとこ、いい感じだったね」

「ぴろりん？」さやこは少し首を傾げてから、「ああ」と頷いた。「前奏の装飾音符ですね。意識的に入れてみたんです。原曲はベルの細かい音がたくさん入ってるので、それをピアノで表したらどうなるかなあ、って」

「装飾音符って言うのか。確かに飾りっぽい音だったな」

ぴろりん、とさやこが楽しそうに呟いた。

「なんか、可愛い」

「バカにしてる？」

「いえいえ、そんな」

さやこはぶんぶんと首を振って、「真似したくなっちゃっただけです」と照れ笑いをした。

　バス停に差し掛かった頃、向こうから黄色い帽子をかぶった小学生が勢いよく駆けてきた。この間さやこにじゃれついていた女子かと思ったが、今日は男子の三人組だった。茶色や黒のランドセルをしょっている。うち一人が手にボールを持っていて、それを投げ合いながらこちらに走ってきていた。この道は、どうやら多くの小学生が通る通学路のようだった。

「絢乃屋のアヤ姉だ」

　一番体格の大きい一人が、さやこのことを指差して足を止める。こんにちは、とさやこが口を開くなり、ガキ大将の風格を持つ彼は、にんまりと嬉しそうな笑みを浮かべた。そして突然、もう片方の手に持っていたボールを、さやこに向かって思い切り投げた。あ、と手を伸ばしたけれど、一瞬遅かった。ボールはさやこの胸と左手の間でバウンドして、小学生たちのほうへと転がって戻っていった。

「ちょっと、何するんだ」突然のことに驚いて、僕は思わず声を荒らげた。「危ないだろ」

「だって、面白いんだもん。アヤ姉、片手しか使えないから。ボール、ぜんっぜん取れないんだ」

　ガキ大将は早口で言い訳をすると、「行くぞ」と後ろの二人に声をかけ、僕らの脇をすり抜けてバタバタと走っていった。うち一人を捕まえようとしたけれど、軽快な身のこなしでひらりとかわされてしまった。

僕は振り返って、小学生三人の後ろ姿を見送った。さやこは「しょうがないなあ」とため息をつき、ボールが当たったあたりのブラウスの布をパタパタと手ではたいた。

「……こんなこと、いつもされてるの？」

「やんちゃなお年頃なんですよ」

「いやいや、片手しか使えないと分かってて投げてくるなんて、やんちゃじゃ済まされないよ。親には言えないの？」

「うーん、このくらいなら可愛いものかな、って」さやこは眉尻を下げ、自分の左手へと目を落とした。「ボール、片手でも工夫すれば取れるようになると思うんですよ。いつか、かっこよく取ってみたいんです。そうしたら、あの子たちはびっくりして、きっと私のこと見直すでしょう。意外とやるな、って」

慣れてるんだ、とさやこは言った。小さい頃から、右手が動かないのをいつも周りから不思議に思われていた。ずっとクラスで一番背が低かったのもあり、身体的特徴のことでからかってくる人は昔からたくさんいた。だから、こういう扱いには慣れている。

それは、たぶんさやこの本心ではないだろう、と僕は感じた。そう語るさやこの顔が、あまりに寂しげだったからだ。

「私、そんなに運動能力が低いわけじゃないと思うんですよ。左手だけでピアノを弾くのって、想像以上に体力を使うんです。私が練習していた曲を、マスターが真似して一曲弾き通そうとしたとき、マスターったら途中で放り出しちゃったんですよ。『もう腕が限界だ』って言って」

確かに、終始右へ左へ跳躍し続けるのだから、エネルギー消費量も半端なものではないだろう。

「だから、いつかあの子たちを見返してやるんです。私、負けず嫌いだから。けっこう、大人げないんだ」

さやこは口元に手を当ててふふと笑うと、くるりとこちらに向き直った。

「今度、キャッチボールの練習に、付き合ってくれます？　ピアノを弾けなくなるといけないので、突き指しない程度に」

「いいよ。なんなら、今からでも」

「ええっ、これから？」さやこが目を丸くする。「私、ボール持ってないですよ」

「ショッピングセンターまで行けば売ってるよ」

「今から行って帰ってきたら、真っ暗になっちゃいます」

「ついでに晩ご飯でも食べたらいいかな、と。キャッチボールの練習はまた今度にして、今日は買いに行くだけ。どう？」

これほど押すのは、もう少しさやこと一緒にいたいからだった。今日はデートの日だけど、行き先がマスターのカフェだったから、実質二人きりにはなれていない。キャッチボールの話がなくとも、どうにかして夜ご飯には誘おうと、さっきから頭の中で計画していた。

でも、さやこはちらりと後ろを気にして、顔を曇らせた。「今日はもう帰らなきゃ」という小さな呟きが聞こえる。

「お店の手伝い?」

「うん」

それなら仕方がない。残念だったけど、焦る必要はないと自分に言い聞かせた。僕らはもう、付き合っているのだから。

ちょうど、帰りのバスがやってきた。僕らは手を振って、あっさりと別れた。

バスが発進して、カーブを曲がるとき、後ろを振り返ってみた。もうさやこは道を渡ってしまったようで、バス停のそばにその姿は見えなかった。この間みたいにバスが見えなくなるまで手を振っていてくれることを期待したのだけれど、今日はすぐに帰ってしまったようだ。

――これもある意味、関係の進展なのかもしれない。

そんなことを考えながら、僕はバスに揺られていった。

♪


　医学部棟を出ようとしたとき、不意に呼び止められた。

「あれ、時田？」

　久しぶりに聞く声だった。振り返ると、医学部同期の吉野治樹と岸川優太郎が立っていた。

「あ」ちょっと気まずくなって、視線を逸らす。「……久しぶり」

「やっぱ時田だ。お前、全然ポリクリ来なくなったって聞いて、心配してたんだぞ。今どうしてんの？　なんでここに？」

　吉野が顔を覗き込んでくる。僕は慌てて、「いや、屋上が気持ちよくて」ととんちんかんな答えを返してしまった。

「は？　屋上？　医学部棟の？」

「うん」

「入れるなんて知らなかったな」

「本当は立ち入り禁止だと思うんだけど、鍵が壊れてて、簡単に開くんだ。この季節だと居心地もいいから、ちょっと勉強してた」

「何それ、耳寄り情報。今度、俺らもチュートリアル室じゃなくてそっちに行ってみようぜ」

吉野が親指を立てて天井のほうを指すと、隣の岸川が「いいね」と口角を上げた。

十月に入って一週間が経とうとしていた。今日ここに来ているのは、なんとなく、久しぶりに大学で勉強をしてみようと思い立ったからだった。

そんな前向きな気分になったのは、この四か月で初めてのことだ。とはいっても、いきなり医学生がうようよいるチュートリアル室に行くのは気が引けるし、法学部生が詰めかけている図書館もそれはそれで居心地が悪い。その点、このあいだ見つけた医学部棟の屋上という秘密基地なら、誰にも邪魔されずに気持ちよく参考書と向き合えるだろう。そう考えて、今の今まで、屋上で三時間ほど呼吸器の勉強をしていた。

「いやあ、それにしても久しぶりだな」吉野は嫌味のない、朗らかな声で言った。「他の奴らとは、なんだかんだ病院の中で顔を合わせるんだけどさ」

吉野治樹は、医学部同期の中で、最も目立つ学生だった。勉強や実習だけでも忙しいはずなのに、一年生のときに自ら立ち上げたボランティアサークルの代表として今も精力的に活動している。それと並行してアカペラ同好会でも中心メンバーとして活躍し、学園祭や街のイベントなど、年に幾度も舞台に立っている。顔が広く、誰にでも気軽に声をかけて友達になってしまう性格をしているから、たった百名ぽっちしかいない医学部同期の中で、吉野と会話をしたことがない学生はいないはずだった。だって、一人で静かにしているのが好きな僕でさえ、吉野とは昼飯を食べに行ったことがあるくらいだから。

一方、岸川優太郎とはあまり話したことがなかった。でも、その横顔にはよく見覚えがあった。座席を自由に選べる大教室の授業で、いつも前のほうに陣取って真面目にノートを取っていた学生だ。サッカー部のジャージを着ていることが多かったから、ちょっと意外に思っていたのだった。偏見かもしれないけれど、体育会運動部に入っていて、授業もきちんと両立させることができる学生というのは、ほとんどいないような気がしていたから。

「何、勉強って、国試対策?」

「まあ、うん」

「さっすが時田。真面目すぎるんだよ。だってお前、国試までの期間が一年延びたんだろ?　あと……二年半?　うわ、羨ましい。どうせなら今のうちに遊んどきゃいいのになあ、岸川?」

「いや、今から勉強しておけば直前の追い込みがつらくないし、来年のポリクリも理解が進むのかも」

「お前も真面目かっ」

吉野は芸人のような仕草で岸川に突っ込み、「まあいいや、今日空いてる？　飲もうぜ」とこちらに向かって声をかけてきた。

「え、今日？」

「うん。俺ら同じポリクリ班で、今からカンファなんだけど、いつもの感じなら一時間くらいしたら終わると思うからさ。十八時過ぎに、駅前の『赤木屋』に集合。俺、時田と一度飲んでみたかったんだよ。な、いいだろ？」

勢いに押され、思わず頷くと、「お」と吉野は嬉しそうな顔をした。「時田と飲めるなんて、レアじゃね？」と岸川の肩に手を回す。

じゃ、あとでな――と短く言い残し、吉野は岸川を引っ張るようにして大学病院のほうへと去っていった。

呆気に取られ、僕はしばらく医学部棟の入り口に立ち尽くしたまま、二人の後ろ姿を見送っていた。その後ろ姿が建物の陰に消えていった頃、ふと我に返った。大学に行くのだから誰かとすれ違うことくらいは覚悟していたけれど、飲みに行く展開になるとは思ってもみなかった。

吉野は、実習を長期欠席している僕に、気を使ってくれたのだろう。ボランティアサークルを立ち上げるだけあって、窮地に陥っている人間を見つけたら放っておけない性格なのだ。その解決策が半ば強引に飲みに誘うことというのは、ちょっと短絡的なようで笑えてしまうけれど。

約束の時間までは、まだ一時間半近くある。どうしよう、と考えてから、もう一度屋上へと向かうことにした。途中で日没を迎えてしまうかもしれないけれど、勉強を続けるならあの静かな場所でやりたかった。不思議なもので、半月前にさやこと出会ったあの場所は、僕にとってすっかりくつろぎの空間となっていた。

エレベーターに乗り込みながら、ポケットから携帯を取り出してみた。相変わらず、通知画面に新着のお知らせはない。ちょっとだけため息をつく。

さやこと最後にメッセージのやりとりをしてから、早二日が経過していた。『そろそろ、またそっちに遊びに行ってもいいかな』という僕のメッセージに対して、『予定確認して、また連絡するね。おやすみ！』と返信が来たのが最後だった。

仕事が忙しいのだろうか。それとも、僕といると結局遊んでしまうから、一人で黙々と受験勉強をしているのだろうか。単純に、僕に予定を連絡しなければならないことをうっかり忘れているのだろうか。

――まあ、もともと返事が早いほうではなかったしな。

九階でエレベーターを降り、さらに階段を上った。屋上に続く扉は、両手で強く引っ張れば、鍵がかかっていようといなかろうと開く。僕は夕暮れの屋上へと踏み出して、コンクリートの床に寝転んだ。鞄から呼吸器の参考書を引っ張り出して、赤く染まったページを眺める。

文字がするすると頭に入っていく感覚は、久しぶりのことだった。暗記しようと決めた箇所を何度か目でなぞると、自然と脳に刻み込まれていく。心地のよい思考の流れに包まれながら、次第に薄暗くなっていく屋上で、僕は参考書の文字を追い続けた。

「お前さあ、留年くらいで人生終わったような気になってんなよ」

吉野が僕の肩に手を回し、ぐらぐらと僕の身体を揺すった。吉野の顔は既に赤かった。そのくせ、片手に持ったビールジョッキを決して離そうとしない。

「俺なんか、二浪だぜ？　岸川だって一浪。するっと現役合格したお前は、たった一年や二年留年したところで、俺らと同じ状況になるだけなんだよ」吉野が僕の背中をバンバンと強く叩いた。「そもそも俺らの学年、現役生の割合が半分しかいないって知ってた？　残りの半分は、一浪か二浪、もしくは多浪。一般大を卒業してから入った奴や、社会人を五年経験してから入学してきた奴だっている。それに比べたら、お前なんて、まあ――」

生ビールをごくりと飲み、息をついてから、吉野は「――恵まれたもんだよ」と口にした。

居酒屋に入ってから、既に一時間ほどが経過していた。最初は僕の表情を窺いながら喋ったり質問してきたりしていた吉野も、今は酒が回って熱弁を振るっている。

「一人で考えてるからドツボにはまっていくんだよ。お前のときの救急車同乗実習がやばかったのは分かった。でも、人間の記憶ってのは時間の経過につれて減衰（げんすい）するようにできてる。来年になったら、さっき言ってたトラウマめいたことも少しは薄れてるさ。病気や怪我と一緒だ。回復するまで安静にしておけって、よく言うだろ。な？」

記憶の減衰か、と心の中で納得する。よく考えれば当たり前のことなのに、この四か月間、僕の頭の中からは、そういう考え方がすっぽり抜けていたようだった。

「それでも血を見るのがつらいなら、適度にサボればいい。採血の練習は適当に理由つけて逃れればいいし、手術中に出血が起きたらひたすら視線を逸らして天井を見つめておくのも手だ。実習さえ乗り切れば国試対策に専念できる。膨大な量の暗記、俺らはめちゃくちゃしんどいけど、時田にとってはお手の物だろ？　それまでの辛抱（しんぼう）だよ」

僕は自分のことを、厳しく律しすぎていたのかもしれないな——と、今更のように思う。

でも、きっと、僕とはまったくタイプの違う吉野という男の言葉に素直に耳を傾けられるようになったのも、最近の僕が、以前より物事を好意的かつ前向きに捉えられるようになったからなのだろう。清家さやことという女性と出会ってから、僕の心の中は、常に春のそよ風が吹いているようだった。軽やかなピアノの音色が隅々まで広がり、光の筋がいくつも差し込んでいる。

僕は隣に座っている吉野と、向かいで冷酒を飲んでいる岸川に向かって、ぺこりと頭を下げた。

「ありがとう。なんとなく、来年からはちゃんと復帰できそうな気がしてきたよ」

「その意気だ」

吉野は満足げに笑い、「中ジョッキ、一つ」とそばを通った店員に向かって呼びかけた。

この二人と飲むのは初めてだったけれど——というより、そもそも僕は医学部のカリキュラム以外の用件で同期と交流することがほとんどなかったのだけれど、僕はさっきからずっと自然体で喋ることができていた。病院実習に行けなくなった原因も、胸につかえていたものが突然外れたかのように、ぽろりと口から出てきた。救急車同乗実習で遭遇(そうぐう)した列車への飛び込みのことも、小学五年生の頃に巻き込まれた脱線事故のことも。

僕はもしかしたら、こういうことを仲間に話したかったのかもしれない。さやこに事情を打ち明けたのをきっかけに、この話題への抵抗感や罪悪感が目に見えて減っているのは確かだった。

吉野治樹と岸川優太郎は、さりげない気遣いが上手だった。

飲んでいる間、もちろん僕を質問攻めにするわけではなく、「今は泌尿器(ひにょうき)科だから楽だけど、脳外科チームは毎朝六時半から朝回診だってよ」とか「消化器外科チームは食道がんのオペが十四時間かかったらしい」とか、同期から聞いた各診療科の噂話をしたりする。その話をしている最中も、「時田はどこの診療科が終わってる？」などとこちらに話を振ってきて、僕が会話に置いてきぼりを食わないようにしてくれた。

同期とのプライベートの時間がこれほど充実するというのは、僕にとっては想定外であり、好ましい新発見だった。

「この間さ、ビデオ講座のテキストを縦に積み上げてみたんだよね。そしたらさ、二リットルのペットボトルよりも優に高かった。五年生でやる分だけで、だぜ？　絶望したよ」

勉強の話になったとき、吉野が大きなため息をつきながら言った。

ビデオ講座というのは、医師国家試験対策予備校のインターネット講座のことを指している。医学部五年生の九割方が受講しているものだ。僕のように参考書と過去問集のみで自主学習するのは、なかなか珍しい。

「俺らって、医者になる以上、これから一生勉強ばっかしないといけないんだろうな。症例も、治療法も、薬も、新しいのがどんどん出てくる。もともと暗記科目が苦手で二浪してるから、そう考えると不安になるわ」

「まあまあ、若いうちだけだよ」岸川がひらひらと片手を振る。「古い知識しかない町医者だって、世の中にはたくさんいるんだから。がむしゃらに勉強し続けなくてもなんとかなるさ」

「そういう無責任な医者にはなりたくないんだよ」

「じゃあ残念。一生勉強だ」

「身も蓋もねえな」

吉野と岸川は、ぽんぽんとテンポの良い会話をした。もう半年間も同じポリクリ班で過ごしているということだから、すっかり気心の知れた仲になっているのだろう。病院の先生たちや患者の悪口を言うようなこともないから、気持ちよく聞いていられた。

そのうち、もっと酒が回ってきて、話の内容が病院や医学のことから離れていった。五年生になってから四六時中大学病院に閉じこもる生活をしているせいで、二つ年下の彼女に愛想を尽かされ、破局危機になっている――という話を岸川が始めると、話題はもっぱら恋愛関係のことへと移った。吉野は、現在恋人がいないようだった。「できる気配がねえ。今年も来年もきついし、研修医になっても絶対時間ないよなあ」とあまりに悲痛な顔をするものだから、僕は思わず笑いそうになってしまった。

「そういえば、時田は彼女いるの？」

何気なく、といった調子で吉野が尋ねてきた頃には、僕もビールを立て続けに三杯飲んでいて、顔も身体も火照(ほて)っていた。二人の話を聞いているだけでも楽しかったのだけど、訊かれた途端、なんだかすらすらと言葉が口から出てきてしまった。

「いるよ。この間できたばかりなんだけどね」

「へえ、まじで！　どこの子？　外部？」

「うん。でも、初めて会ったのはキャンパス内だったよ」

僕はさやこと出会ってから今までの経緯を語った。三日連続で誘われたことも、ピアノがものすごく上手いことも、全部話す。調子に乗りすぎているかな、と少し気にかかったけれど、アルコールが入っているせいで自制心がいつもほど働かなかった。

「ほら、写真」と岸川が手を出してきたときも、ほとんどためらいなく携帯を取り出し、ピアノカフェでマスターが撮ってくれたツーショットを表示して手渡した。「うわ、可愛い子！」と岸川が目を見開き、身を乗り出して覗き込んだ吉野も「お前やるな！」とバシバシ肩を叩いてきたから、僕はいっそう気持ちよくなって、さやこの人となりやピアノの腕前について、ペラペラと喋ってしまった。

「待てよ、これからうちの大学を受験しようとしてるってことは、まだ十七か十八ってこと？」

吉野がはっとしたように口を押さえ、変な目を向けてきたから、僕は手を振って弁解した。歳は二十一歳で僕の二つ下、これから大学に入ろうとしているのは教員免許を取りたいから、ということを慌てて伝える。

「へえ、教師を目指してんのか」吉野は感心したように頷いた。「うちの教育学部って、偏差値も他の学部に比べて低めだし、人数も少ないし、そもそも卒業して教師になる奴がすげえ少ないって聞いたけどな。入試のときに法学部や経済学部と併願で出して、どっちも落ちた奴が行くところだと思ってた。ちゃんと目指してる子もいるんだな」

「そうみたいだね。そういう真面目なところがいいと思ってる」

「くっそ、実習リタイアして留年決まって、死ぬほど落ち込んでると思ってたのに、なんか俺らより幸せそうじゃねえか。心配して損した」

吉野がわざとらしくテーブルを拳で何度も叩き、それを見て岸川と僕は笑い声を上げた。

「いやあ、その子と出会ってからまだ二週間なんだろ？　時田がそんなに積極的だと思わなかったよ。俗に言う、ロールキャベツ男子ってやつだな。外から見ると草食系なのに、中身は肉食」

「そんなんじゃないよ」

僕は笑って吉野の言葉を受け流した。そもそも、僕から近づいたわけではないのだから、中身が肉食というのは当てはまらない。僕をどんどん連れ出してくれたのは、さやこのほうだ。

「でもさ、不思議なんだ」

そういう意味では、たまに、少し不安になる。

「どうしてさやこは、初対面だった僕のことを、あんなにすぐ好きになってくれたんだろう。僕なんて、モテるタイプじゃないのにさ。吉野や岸川ならともかく」

「いや、俺はモテないよ。喋りすぎるからな。芸人ポジションなんだ」

吉野はそう断ってから、右手の人差し指をピンと立てた。

「人間ってさ、生物学的に、それぞれ異なるタイプの人を好きになるようにできてるらしいぜ。理由は単純明快。種として生き残るためだ。世の中の女性が全員超絶イケメンしか受け付けなかったら、人間なんてすぐに滅んじまうだろ？　岸川みたいなスポーツマンが好きな女性もいるし、俺みたいなおせっかい野郎を気に入ってくれる女の子もいる。つまり、さやこちゃんにとっては、時田がぴったりの男だったってわけだ。あえて言うなら、心優しい秀才タイプかな。……って、これだけでも普通にモテそうだ」

「そうかなあ」

「時田は、自信がなさすぎなんだよ。もちろん俺らだって、時田が金目当ての女に騙されてるんじゃないかとか感じたら、いくら惚れていようが全力で止めるよ？　だけど、さやこちゃんは全然そういう感じじゃない。むしろ、真面目な者同士、お似合いなんだろうと思う。だから自信持てよ。さやこちゃんの好意をさ、まっすぐ正面から受け取ってあげなって。そもそも俺ら、バイトできないから常に金欠だし、悪女にむしり取られる金なんかねえし。安心安心」

その言葉に、僕らは一斉に笑った。

自分の恋人のことを仲間に認めてもらうのは、こんなに楽しく充足感のあることだったのか、と初めて気がつく。世の中の人々が恋愛の話ばかりに花を咲かせる理由が、ようやく腑に落ちた。さやこは僕にとって初めての彼女だから、今まで理解できていなかったのも仕方がないことなのだけど。

それにしても、さやこと屋上で出会ってからまだ半月しか経っていないというのは、不思議な感覚だった。頻繁に会って、そのたびに充実した時間を過ごしているからだろう。もう、二か月や三か月は経っていてもおかしくないような気分だった。たぶん、さやこのほうも同じように感じているはずだ。

「俺も、こんな可愛い子に声かけられてえ！　逆ナンされてえ！」

吉野が大声で叫ぶ。隣の客が迷惑そうな表情でこちらを振り向いたけれど、すっかり楽しくなっている僕ら三人にとっては、もはや関係のないことだった。

岸川から携帯を返してもらったついでに、メッセージ画面を開いた。まださやこから返事は来ていなかったけれど、なんとなく、勢いでメッセージを送ってしまいたくなった。

すばやく指を動かし、『好きだよ』と打つ。こういう甘えた文章でも、さやこなら許容してくれる気がした。むしろ、脈絡のない突然のメッセージに目を丸くして、『え、いきなりどうしたの？　びっくりした！』などと慌てた返信が来るかもしれない。さやこのそういう反応も、僕の胸をくすぐるのだった。

送信ボタンを押した瞬間に、「何、彼女と？」と吉野が画面を覗き込もうとした。驚いて仰け反ると、「図星か」と岸川が唇の端を持ち上げる。

いやいや違うよ、いや絶対そうだろ、という無意味な応酬をする。笑って言葉を返しながら、僕はこの上なくあたたかい気持ちになっていた。

——次、さやこに会ったら、今日のことを話そう。

そうしたら、さやこは喜んでくれるに違いない。僕が医学の参考書を持ち歩き始めただけであんなに嬉しそうな顔をしていたのだから、医学部の同期と飲みに行ったなどと報告しようものなら、きっとその場で跳び上がるだろう。

そもそも、今日僕が吉野と岸川に遭遇することになったのは、すべてさやこのおかげなのだった。大学に足を運んで勉強してみようと思えたのは、さやこという存在が、沈んでいた僕を明るいところに引っ張り出してくれたからだ。僕は、彼女に深く感謝しなければならない。

早く、さやこに会いたかった。

あの柔らかい頬に触れたい。

彼女の紡ぐ音を、ただひたすら聴いていたい。

――返事、まだかな。

ジーンズのポケットに携帯をしまいながら、僕は数十キロ離れた地にいるさやこに思いを馳(は)せた。


♪


細かいうろこ雲が、遥か遠くまで続いていた。

ふわふわの羊の毛を、空一面に一分の隙もなく敷き詰めたようだ。太陽まで隠さなくたっていいのに、その光まで遮るものだから、僕らがいる屋上からの景色は、どちらかというと灰色だった。空も、コンクリートでできた周りの建物も、心なしかどんよりとして見える。

「ああ、ここ本当に気持ちいいな。風も最高」

少し離れたところでフェンスに背をもたせかけている吉野治樹が、分厚いテキストから手を離し、大きく伸びをした。

「そうだな」

そばでうつ伏せに寝転んでノートパソコンの画面と睨めっこしている岸川が、同意の声を上げる。僕も何か答えるべきか迷ったけれど、どうしても共感できなかったから、黙って参考書の続きを読むことにした。

涼しい風が吹いていた。でもその風は、肌に心地よいとかではなく、僕の体温を徐々に奪おうとしているようだった。十月半ばになると、さすがに夏気分は掻き消えて、いずれ冬がやってくることを意識せざるを得なくなる。もう数週間前のほうが、季節としては好きだった。さすがにかき氷を食べたい気分にはならないけれど、外を歩いていると身体が火照ってきて、「まだまだ暑いなあ」なんて独り言を呟きたくなる、そんな季節が。

風が、参考書のページを勢いよくめくろうとした。はためく紙を押さえながら、僕はコンクリートの床に投げ出してある携帯へと目をやった。

ふう、と小さく息を吐く。

今日の屋上の空気がこんなに冷たいと感じているのは、たぶん、僕だけなのだろう。吉野と岸川が悪いわけではない。むしろ、彼らがここに来ている間は、少しは心の中を覆っている靄のことを忘れることができた。

この十日間で、季節はすっかり秋へと傾いた。道行く人の服装が茶色やえんじ色を基調としたものに変わっていき、大学も本格的に後期の授業が始まった。そして僕も、毎日、キャンパスに足を運ぶようになった。

大学に行くとはいっても、医学部五年生は一年中病院実習をすることになっているから、僕が出られるような講義や実験は一つもない。それでも大学に通うことにしたのは、来年の四月にまた五年生が始まるまでの間に、少しでも復帰と呼べる状態に近づいておきたかったからだ。

一度は全面的に拒否してしまった臨床現場に無事戻ることができるのかどうか、もちろん疑問は残るし、不安もある。救急車同乗実習で見た血まみれの男性の姿も、小学五年生の頃に見たおぞましい光景も、いつまでも僕の脳内にこびりついて離れない。だけど、何もないがしろにすることはないいんじゃないか、と思えたのだ。一生懸命僕に語りかけてきたさやこや吉野の言葉を信じて、時の流れに身を任せてみてもいいんじゃないか、と。

――人間の記憶ってのは時間の経過につれて減衰するようにできてる。

――その優しさが、時田さんにとっての『左手』です。

――居場所はきっとあります。どちらを選んだとしても。

少なくとも、僕が回復の方向に向かっているのは、確かな事実のようだった。

「はい、時田、問題」予備校のテキストに目を落としていた吉野から、威勢のいい声がかかった。

「次のうち、異所性移植が行われる臓器はどれか。A、肺。B、小腸。C、肝臓。D、膵臓（すいぞう）。Ｅ、心臓」

「うーん、Ｄ？」

　ちょっとだけ迷ってから答えると、吉野が額にしわを寄せ、あからさまに悔しそうな顔をした。

「正解。くそ、過去問も対策済みかよ」

「たまたま見たことあるだけだよ。さすがにまだ全部は網羅（もうら）してない」

　そうやって弁解してみたけれど、吉野は「またまたぁ」とおどけた口調で言ってから、テキストの黙読へと戻っていった。

　このあいだ飲みに行った次の日から、吉野と岸川は、暇な時間に屋上にやってくるようになった。誰も入ってこない広々としたスペースをすぐに気に入ったようで、二人はほぼ毎日ここを訪ねてきた。病院内の多目的室や医学部棟のチュートリアル室より開放感があり、カフェのようにお金がかかることもないのが魅力的だと言う。「ポリクリって忙しいときと暇なときの差が激しいけど、事前にどうなるか読めないのがつらいんだよな。空き時間が分かればバイトもできるのに」というのが、吉野と岸川の共通の愚痴（ぐち）だった。

　オペがない日は、朝に先生の回診について回り、夕方に症例カンファレンスに出席すれば、あとは何をしていてもいいらしい。「次の脳外科になったらそうもいかない」とのことだから、こうやって三人で集まっていられるのは今だけかもしれないけれど、僕にとっては大事なひとときだった。

お喋りに多くの時間を割いたり、誰かのペースに合わせて画一的に進めたりするのではなく、基本的には三人それぞれにビデオ講座や参考書の読み込みを進め、気が向いたときに問題を出し合ったり質問をぶつけたりする。そんな気ままな「屋上勉強会」の空気には、一人の時間がないと窮屈に感じてしまう僕のような人間でも、すんなりと馴染むことができた。

暑くもなく寒くもない屋上のだだっ広いスペースで、こうやって吉野や岸川とのんびり勉強を進めるうちに、僕があれほど罪悪感を覚えていた留年という事実は、それほど異常なことでもないように思えてきた。吉野が、「俺はお前と違ってもう二十代後半だから」などと年上オーラを出してくるのが一因かもしれない。母にそんなことを言ったら仰け反られそうだし、真っ向から反論されそうだけれど、もはや親の反応は気にしなくていいと考えられるようになったのも一つの進歩だった。

でも——。

そうやって僕に勇気と心地よさを与えてくれる屋上という空間も、最近は、どんどん苦しさを覚える場所になってきていた。

読んでいた小児科の参考書をぱたりと閉じ、そばに置いてある携帯へと手を伸ばす。

常に意識の片隅で気にしているから、新着通知があればすぐに気づく。だから、携帯を手に取ったところで何が届いているわけでもないことは分かっているのだけれど、十分に一回くらいの頻度で携帯の画面を確認してしまうのはなかなかやめられなかった。

さやこから連絡がないまま、もう十日以上が過ぎていた。

最初に考えたのは、さやこの身に何かが起きたんじゃないか、ということだった。事故に遭ったのかもしれない。急病にかかって入院しているのかもしれない。あとは、携帯が壊れたとか、失くしたとか、データが消えてしまったとか——。

あのさやこが、自分の意思で連絡を絶つとは思えなかった。親しい相手に対しても気遣いを忘れず、いつも愛想よく振る舞っている彼女が、一方的に僕から離れていくなんてことは、果たしてあるだろうか。事情も言わずに、ただ無視するような真似を、果たして彼女はするだろうか。

でも、その楽観的な考えは、僕が最後に送ったメッセージの文面を見返したとき、途端に揺らいだ。

吉野と岸川と飲んでいた居酒屋で、酔っ払った勢いに任せて送信した一言だ。『好きだよ』という四文字。今見ると、顔から火が出そうになる。どうして、こんな文面を最後に送ってしまったのだろう、もう少しまともな言葉を書けなかったものか、と何度も反省した。

あのときは、すぐに返信があることを期待していた。というより、普通、こういう文脈のよく分からないメッセージが届いたら、すぐに訊き返すのが自然な流れだ。つまり僕は、このどうしようもない四文字を通じて、彼女にメッセージを返すことを強制しようとしたのだ。その魂胆自体が浅ましいけれど、ここで分かることは、相手の返事があって初めて成り立つような、僕の不完全なメッセージに対し、さやこは返信を寄越さなかったということだ。

僕がこのメッセージを送る前に彼女が携帯を見られない状態になっていたのなら、それでいい。――だけど、もし、さやこがこのメッセージを読んだ上で、僕との連絡を絶っていたとしたら？

その可能性に思い当たったとき、いくつかのことが、ふと頭の中に蘇ってきた。

思えば――最後に会ったとき、さやこの態度は少しおかしかった。

ピアノカフェで勉強を教えようとしたとき、彼女の口からは、「もう、大学なんて受からなくてもいいかも」という弱気な発言が飛び出した。いつも前向きに物事を捉え、やる気をみなぎらせていたさやこにしては、なんだか珍しかった。

カフェを出て二人きりになった後、どこかで夕飯を食べようと誘ってみたけれど、呆気なく断られてしまった。彼女は顔を曇らせて、しきりに家の方向を気にしていた。

バス停で別れたときも、前に行ったときは見えなくなるまで手を振っていてくれたのに、僕がバスに乗り込んで後ろを振り返ったときにはもう姿を消していた。

会った三日後に、またピアノカフェで会いたいと送ったメッセージは、『予定確認して、また連絡するね。おやすみ！』という返事でいったん連絡を切られてしまった。

そして、僕が一方的に送りつけた『好きだよ』という一言に対する返事は、未だにない。

いろいろなことを考え合わせると、僕はどんどん自信を失くしていった。

大学に受からなくていいという発言は、本心ではなく、僕に家庭教師をこれ以上頼みたくないという間接的な意思表示だったのではないだろうか。夕飯の誘いを断ったのは、単純に二人きりでどこかに行くのが嫌だったのではないか。そう考えれば、さやこがさっさとバス停を離れて家へと帰ってしまった説明もつくし、メッセージのやりとりを断たれた理由も想像できる。

——さやこは、僕から遠ざかろうとしているんじゃないだろうか。

この屋上でさやこと出会ってから、まだ一か月も経っていない。しかも、きちんと定期的に会っていた期間は、たかだかその半分程度だ。これまでに過ごした時間のことを思い返すと、嘘みたいな短さに思える。もう、ずいぶん前から一緒にいるような気がするから。

でも、もしかしたら、さやこは違う思いでいたのかもしれなかった。

さやこは、後悔しているのかもしれない。こんなに短い期間で、出会ったばかりの異性と接近したことを。それればかりか、僕の時期尚早な告白まで受け入れてしまったことを。

さやこは、明るくて可憐で、きっと誰から見ても魅力的な女の子だ。だけど、僕は違う。吉野みたいにノリがいいわけでもないし、岸川みたいにスポーツ万能なわけでもない。外見も性格も、たぶん一長一短で、これといった特徴がない。無害かもしれないけれど、面白味も持ち合わせていない人間だと思う。

だから、さやこが僕のことを嫌になってしまったとしても、仕方のないことだった。連絡が取れないのであれば春日部の自宅を訪ねていってみようかと何度も悩んだけれど、さやこに迷惑がられてしまうかもしれないと考えると、とても実行に移すことはできなかった。

「おーい、時田、聞いてる？」

不意に声をかけられ、僕はぴくりと肩を震わせた。予備校のテキストを両手に載せている吉野と、寝転がっている岸川が、怪訝な顔でこちらを見ていた。

「何？」

「過去問から、問題を出したんだけど」

「あ、ごめん、聞いてなかった。もう一度お願い」

慌てて携帯を置き、姿勢を正した。だけど、吉野は心配そうな顔で僕のことを見つめ続けた。

「お前、よく見たら顔色悪いぞ。体調悪いんじゃないか？　俺らももうすぐカンファの時間だし、今日は少し早いけど解散にしよう。で、さっさと寝ろ」

さやこのことについて突っ込まれなかったのは、運が良かった。吉野が真っ先に立ち上がり、今日の屋上勉強会はお開きになった。

医学部棟を出て、正門のほうへと歩く。吉野と岸川が今日のカンファレンスでの発表内容を相談しているのを聞き流しながら、僕はこれからどこに行こうかと考えを巡らせていた。

吉野に促されるままに屋上を出てきてしまったけれど、早く家に帰るとそれだけ母と二人きりの時間が長くなる。留年が発覚して以来、母は何かと僕を捕まえて話をしようとする。だから、なるべく顔を合わせることのないよう、気をつけているのだった。

母はたぶん、今のうちに勉強を進めておいたほうがいいとか、脳外科以外の診療科に浮気したらダメとか、僕にそういう忠告をしようとしているのだろう。亡き父が開業し、母が受け継いで経営している医院は、脳神経外科の専門医院だ。仮に僕がポリクリへの復帰を果たしたとしても、手術をしない内科や小児科を選ばずに、両親と同じ脳外科医を目指せるかどうかというのは、また別の問題だった。

――今日は、横浜駅近くのカフェにでも行くか。

そう決めて、突き当たりに見えてきた正門をぼんやりと眺めながら歩いた。

この長い一本道を歩くたびに思い出す。

さやこがここでふと立ち止まり、ピアノの音につられて第二部室棟へと吸い寄せられていったときのことを。

あれは、つい三週間前のことだった。

今日も、もう夕方近いからか、授業が終わった学生たちが楽器を練習している音が聞こえていた。軽快なトランペットの音や、甲高いバイオリンの音が、入り混じって流れてくる。だいぶ涼しくなってきたのに、まだ窓を開けて練習しているようだ。

――ぴろりん。

ふと、そんな可愛らしい音が、その向こうに聞こえた気がした。

はっとして足を止める。もう一度、耳を傾けてみた。でも、ピアノの音はさっぱり聞こえなかった。

ましてや、海岸の白砂のように細かく柔らかい、さやこが弾く装飾音符の音など。

「おい、どうした？」

前を歩いていた吉野と岸川がこちらを振り返った。僕はその問いかけにも答えられずに、管弦楽の音が聞こえてくる第二部室棟のほうを向いたまま、身体を強張らせていた。

——どうして？　さやこ。

——なんで、僕の目の前から姿を消そうとするんだ。

突然、耳の中で、壮大な音楽が膨れ上がった。

あのとき練習ホールでさやこが披露した、パッヘルベルのカノンだった。

僕が初めて聴いた、さやこのピアノだ。

小さな左手の、たった五本しかない指が縦横無尽に動き回り、鍵盤を駆け上がって音の波を作り出す。その波がうねり、何重もの響きを生んで、僕の身体の内側へと勢いよく飛び込んでくる。流れに呑まれた僕は、思わず言葉を失くす。言い表せない感情が、僕の心を隅々まで満たしていく。

まるでメドレーのようだった。森ホームのCMソング。きらきら星。月の光。別れの曲。アイドルソング。これまでにさやこが僕の前で紡いだ音楽の数々が、臨場感とともに僕の耳元に蘇る。

心から楽しそうにしながら、五本の指を跳ね回らせるさやこ。

ちびっこに負けたくない一心で、キャッチボールの特訓を頼んでくるさやこ。

図書館で、片腕で抱えきれないほどの本を持って帰ってきたさやこ。

相洋台駅で思いに耽っていた僕の隣で、一筋の涙を流してくれたさやこ。

気がつくと、僕は早足で歩き始めていた。

「――行ってくる」

吉野と岸川を抜き、正門に向かって走り始める。

「え、どこに？」

驚いた吉野の声が後ろから追いかけてきたけれど、答える余裕はなかった。

赤みがかってきた空を見上げる。今から向かって、ちょうどいい時間にバスがやってきたとして、最短一時間半。着く頃には真っ暗になっているだろうけど、人を訪ねていくのに非常識な時間ではないはずだ。

ギアを上げ、僕は全速力で駆け出した。

あの日々が、幻だったとは思いたくない。

やっぱり、行かなくてはならない。

――春日部に。

バスから飛び降りるなり、遠くに見える和菓子屋の店舗へと走り出した。

辺りはすっかり暗くなっていた。電信柱についている街灯の光が、十数メートルおきに地面を白く照らしている。冷たくなった秋の夜の空気が、シャツ一枚の上半身を貫いた。

日が暮れてからここに来るのは初めてだった。道沿いには人気もなく、まばらに立っている家にもほとんど電気が点いていない。

なんだか、見知らぬ土地にやってきたかのようだった。

店にも、灯りはともっていなかった。近づいていくにつれ、灰色のシャッターが下りているのが見えてきた。その上に貼られている一枚の紙が、街灯の下に白く浮かび上がっている。

息を弾ませながら近づき、自分の影で文字を隠さないようにしながら、書かれている文字を読んだ。

『本日は、誠に勝手ながら臨時休業とさせていただきます。絢乃屋』

——臨時休業？

急いでシャッターから離れ、木造の建物を見上げた。二階の窓からも、光は漏れていない。

店の横を覗いてみると、勝手口があり、そこにインターフォンがあった。試しに押してみたけれど、間延びしたチャイムがしんとした夜の闇に響いただけで、いつまで経っても物音さえ聞こえなかった。

誰もいないのは明白だった。ここでぐずぐずしていても仕方がない。

僕は回れ右をして歩道へと戻った。そのまま道を横切り、さらに走り出す。どうして
さやこの家が家族全員留守なのかは分からなかったけれど、マスターのピアノカフェに行けば、何らかの情報が手に入るかもしれなかった。

たまに車が通る以外、まったく音がしない道路を、ただひたすらに駆ける。近いと思っていたカフェは、隣にさやこがいないと、ずいぶん離れて感じられた。

緩やかなカーブを曲がり、ようやく小さなログハウス調の平屋が見えたとき、僕は愕然として足を止めた。

カフェも、真っ暗だった。

電気はすべて消えていて、中に人の気配もない。

頭の中が混乱し始めていた。ふらふらと前に進み、カフェの入り口へと近寄る。そこにも、一枚の白い紙が貼ってあった。こちらは手書きではなく、パソコンで印字した紙だった。

『十月十六日は、店長の都合でお休みにします』

シンプルな一行の文言の下に、『CAFE PIANISSIMO 店長・門沢』という署名が刷ってある。十六日というのは、紛れもなく今日の日付だった。

僕はしばらく、扉の前に立ち尽くしていた。

いったいどういうことなのか、わけが分からなかった。

二時間近くかけてようやく辿りついた場所に、目的の人物は誰もいない。徒労感よりもさらに強い、絶望感に襲われる。

幻。

そんな言葉が、僕の頭の中でちかちかと点滅し、嫌な光を放った。

本当に、あれは、幻だったのかもしれない——。

この場所で、グランドピアノに向かい続けるさやこの後ろ姿を、「しょうがないなあ」などと笑いながら眺めていた記憶が蘇る。そんな思い出が、急に、非現実的なものに感じられた。

あの感覚だ——と、思い出す。

目覚める直前に見ていた夢のことを考えているときと、同じ。妙にふわふわとしていて、どれが本物でどれが偽物だったか、思い出そうとすればするほど分からなくなる。自分が現実世界に生きていることに気づき、いつまでも浸っていたかった暖かい夢の世界に、もう帰ることはできないのだと悟る。

何台かの車が、スピードを上げて僕の後ろを通り過ぎていった。まるで、孤独感に包まれた僕を、故意に取り残そうとしているかのようだった。

佇んでいることにも耐えられなくなった。

僕はとぼとぼと元来た道を戻り始めた。

もう、走る気力はなかった。両脚の骨が、鉛の棒に変わってしまっていた。一歩一歩を踏み出すのが重い。スニーカーが硬いアスファルトを踏むたびに、破れた紙風船から空気が抜けていくように、口から息が漏れていく。

次のバスは、いったい何時だろう。一時間に一本程度しかなさそうだったから、あと数十分は来ないかもしれない。振り絞った勇気を打ち砕かれた挙句、慣れない土地のうら寂しいバス停で一人、いったいどんな気持ちで待っていればいいのだろう。

道の反対側に、再び和菓子屋が見えてきた。帰りのバス停はこっち側だから、向こうに渡る必要はない。僕は顔を俯け、道端に生えている草をわざと踏みつぶしながら歩いた。

ここまで来ればどうにかなると、信じ込んでいた自分がバカだったのかもしれない。でも、ひどすぎやしないだろうか。急に会えなくなった理由くらい、知る権利を与えられてもいいはずだ。

――それさえ、許されないなんて。

向こうから、ゆっくりと走ってくる車の光が近づいてきた。その光が、僕の周りを明るく照らす。

やめてほしい、と思った。他の車と同じように、アクセルを踏み込んで、僕のそばを思い切り通り過ぎていけばいい。

――無理やり光の中に連れ出されるのは、もう勘弁だ。

「時田さん？」

聞き覚えのある声が、辺りに響いた。

はっと顔を上げ、立ち止まる。ゆっくり近づいてきていた車が、右にウインカーを出したまま、道の真ん中で停車していた。後部座席の窓から、誰かが顔を覗かせている。

窓の開いた車から、「降りるから、待って」という鈴の鳴るような声が微かに聞こえてきた。

すぐに、ドアが開いて、小柄な人影が道路に降り立った。彼女がドアを閉めると、車は右折して、和菓子屋の隣の駐車スペースへと入っていった。

僕は彼女の名前を呼ぼうとした。だけど、口を開く間もなく、彼女がこちらに向かって走ってきて、いきなり僕の胸に飛びついてきた。

驚いて抱き止める。そして僕は気づいた。

さやこは、肩を震わせて泣きじゃくっていた。

彼女の左手が、僕のシャツの裾を強い力でつかむ。さやこが泣いている理由を察することもできないし、どうするのが正解なのかも分からなかったけれど、僕は彼女の動かない右腕を包むようにして、自分の左手を彼女の背中へと回した。トントン、と小さく背中を叩いてみると、さやこはいっそう泣きじゃくり、僕の胸に深く顔をうずめた。

「ごめんね、ずっと連絡してなくて、ごめんね」

喉（のど）から絞り出したような、苦しそうな声が聞こえてきた。

「本当に、ごめんなさい」

さやこはそれ以上何も言わなかった。僕も、声をかけることができなかった。どうして今まで連絡をくれなかったの、なんて自分本位な質問を、こんな状態のさやこにぶつけられるわけがなかった。

僕と会う前から、さやこはずっと泣いていたようだった。しばらくして、駐車していた車のエンジンが止まって辺りが静寂に包まれると、さやこは僕の胸から顔を離し、すっと後ろに下がった。アイメイクがちょっと落ちて目の下に黒く滲んでいるのが、街灯の光の下でも分かった。僕の視線でそのことに気づいたのか、さやこは左手を持ち上げて、自分の顔の大半を隠してしまった。

道の反対側で、車のライトが消えた。顔をそちらに向けると、車の運転席と助手席から、中年の男女が降りてくるのが見えた。男性はスーツを着ていて、女性は上品な黒いワンピースに身を包んでいる。二人は僕のほうを見て、ぺこりと頭を下げた。

さやこの両親だろう。僕も、急いでそちらへと身体を向け、慌てて会釈（えしゃく）した。二人はひそひそと顔を寄せ合って何かを話した後、店の勝手口のほうへと消えていった。鍵を開け、中に入っていく音が、道のこちら側まで聞こえてきた。

鼻をすすり上げる音が聞こえ、さやこのほうへと向き直った。さやこは弱々しく微笑んで、「今日、会えると思ってなかった」と小さな声で言った。

「僕も、もう会えないかと思ってた」

今日のさやこは、紺色のワンピースを着ていた。この間、さやこが横浜駅まで押しかけてきたときに着ていた服だ。

そのまま僕らは見つめ合った。白昼の太陽の下だったら目を逸らしていただろうけど、数メートル離れたところに街灯がともっているだけだから、長い間そうしていても恥ずかしくはならなかった。

僕は、さやこにかけるべき言葉を見つけられなかった。さやこのほうも、こちらに話しかけてこようとはしなかった。

勝手口の扉が再び開く音がした。バタバタとさやこの両親が出てきて、店の表側へと歩いてきた。そのまま道を渡り、こちらへと近づいてくる。

「あなたが、時田習さん？」

さやこの母親が、僕の名前を呼んだ。驚いて「はい」と答えると、「やっと会えた」と嬉しそうな声を上げた。どうやら、さやこは僕のことを親に話していたようだった。

二人は、歩道へと上がってきて、さやこのすぐ後ろで立ち止まった。さやこの母は、細身ではあるが、さやこほど背が低くはなかった。むしろ女性の平均身長より少し高そうだ。ただ、柔らかい声のトーンや、目元の印象はさやこによく似ていた。その横にいる父親は、僕と変わらないくらいの背丈をしていて、ふっくらとした人の好さそうな顔をしていた。

黙っているさやこの横から、母親が、「よかったらこれ、どうぞ」と掌サイズの包みを差し出してきた。菓子の包みだろう。この間もさやこにもらってしまったから悪いと思ったけれど、「こんなところまで、せっかく来てくれたから」と言われ、断ろうにも断れなくなってしまった。「わざわざすみません」と頭を下げながら、僕は包みを受け取った。

「あ、店の中が暗かったから、春夏用のほうを使っちゃった」

さやこの母が、街灯に照らし出された包み紙を見て声を上げる。確かに、以前さやこが持ってきてくれた赤いモミジの模様の和紙ではなく、モミジの葉の色が薄い黄緑色になっていた。

「私、包み直してくる」

さやこが突然、僕が持っている包みへと左手を伸ばした。僕は驚いて、「別にいいよ」と包みを後ろに隠した。確かに季節はもうすっかり秋だけど、和菓子を購入したお客さんというわけでもないのだし、そこまで気を使ってもらう必要はない。

「い、いつも話は聞いているよ。ありがとうね。あ、絢乃――絢乃屋に来てくれて」

さやこの父親が、緊張した面持ちで話しかけてきた。口下手なのか、若干たどたどしい。確かに、一人娘が親しくしている男に会うというのは、複雑な心持ちなのかもしれない。

さやこの父の緊張が、僕にも移りそうになった。絢乃屋に来ていることを感謝されたけど、どちらかというと僕はカフェに足を運んでいるだけで、和菓子はお土産にもらってばかりだ。きちんと商品を買っていないのが、なんだか申し訳なくなってきた。

僕がぎこちない挨拶の言葉を返そうとしていると、左手で涙を拭っているさやこが近づいてきて、そっと僕の手を握った。

「最近、ずっと連絡できてなくてごめんなさい。また明日、会ってもらえませんか。今度は、私が都内まで行くから」

今日は、ちょっと、ごめんなさい――と、さやこは俯きながら言った。

明日、午後一時に大学の正門前で待ち合わせることを約束して、僕はその場を離れた。

さやこの父が春日部駅まで車を出すと言ってくれたけれど、ちょうどバスのライトが遠くに見えてきたから、そのまま辞去することにした。

バスに揺られながら、今日のことを振り返った。知りたかったことについては一つも情報を得ることができなかったけれど、頭の中ではいろいろなことが渦巻(うずま)いていた。

さやこ——と、さっき呼べなかった名前を、今さらのように口の中で呟いてみる。

まだ、何も分からない。

だけど、少なくとも、幻ではなかったみたいだ。

ぼんやりと、そんなことを思った。

一晩、いろいろなことが頭の中を駆け巡った。

待ち合わせ場所の正門前に着いたとき、寝不足のせいで僕の頭はぼんやりと霞(かす)んでいた。両目も朝から軽く充血していて、まだ治らない。十月半ばの涼しい空気が僕の心をある程度は引き締めてくれたけれど、多方面に拡散していく僕の思考を完璧にまとめ上げるほどではなかった。

さやこの泣き顔が浮かぶ。

昨夜、僕は、見てはいけないものを見てしまったのかもしれなかった。

——もう少し、時間が欲しかったな。

さやこと再び会って話すことをあんなに切望していた僕が、今になって待ち合わせ時刻を引き延ばしたくなるというのは、いったいどういう心の動きなのか。他でもない自分のことなのに、明確な答えを出すことはできなかった。

僕の耳に、軽い靴音が届いた。トットット、とこちらに近づいてくる。

「お待たせしました」

顔を上げると、思ったよりも近いところにさやこが佇んでいた。今日は、茶色いチェックのワンピースを着て、柔らかそうな白いロングカーディガンを羽織(はお)っている。久しぶりに明るい場所で彼女の姿を目にしたからか、その可憐さに思わずはっと息を吞んだ。

僕と目が合ったことを確かめるように、さやこは目を細めて微笑んだ。昨日の泣き顔はどこへ行ってしまったのかと一瞬面食らったけれど、よく見ると、彼女のまぶたはほんの少しだけ腫れぼったいようだった。

「大学で会うの、ちょっと久しぶりですね。最近、春日部に来てもらってばっかりだったから」

「いや、君が横浜まで来たこともあったよ」

「そうだった」さやこが左手をグーの形にして、胸の前で止めた。右手の受け皿はないけれど、ぽんと手を打つ仕草のつもりらしい。「せっかく東京が中間地点なのに、ちょっともったいないことしてましたね」

なんとなく、さやこの口調がいつもより明るく聞こえた。僕は、そのことを素直に喜ぶことができなかった。

「勉強、どこでやりましょうか。図書館？　キャンパス内のカフェでもいいな。一度行ってみたかったんです」

さやこがくるりと後ろを向いてベージュ色のリュックを揺らし、「勉強道具、張り切っていっぱい持ってきちゃいました」と楽しそうな声を上げた。ちょっと違和感のあるトーンだった。

「屋上がいいな」

そう言うと、さやこは「えっ」と声を上げて、顔を曇らせた。「屋上って……」と首を傾げる。「……勉強しづらくないですか？　机もないし、椅子もないし」

「それが、よく進むんだよ。周りに人がいないから集中できるし、この季節ならまだ寒くない」

僕はさやこに、ここ最近吉野と岸川と三人で開いている「屋上勉強会」のことを話した。僕が屋上で勉強するようになったことや、帰り際に二人とばったり再会したこと、その日のうちに飲みに行ったこと、そして屋上に彼らも足を運ぶようになったことを、かいつまんで語る。すると途端に彼女は表情を輝かせ、自分のことのように喜んでくれた。「友達と勉強会なんて、素敵！」と嬉しそうに声を上げ、吉野や岸川の人となりについて次々と尋ねてくる。

そんなさやこの質問に答えながら、医学部棟への道を歩いた。平日の真昼間だからか、夕方になると聞こえる楽器の練習の音は聞こえなかった。三限が始まったばかりという中途半端な時間帯だから、キャンパス内の道を歩く学生もそれほど多くない。

「もしかしたら、吉野さんと岸川さん、屋上にいるんじゃないですか？　実習の休憩時間にかぶっていたら、来ているかもしれませんよ」

「うーん、どうだろう。五分五分ってとこかな」

「私、時田さんのお友達に会ってみたいです」

「友達、か」くすぐったい響きだ。「まあ、今日いなかったとしても、今度会わせるよ」

「やったあ」

他愛のない会話をしながら、エレベーターで最上階へと昇る。エレベーターに乗り込むとき、さやこは「久しぶりだなあ」と感慨深げに呟いていた。

その言葉が、少しの間、頭の中に残って響いた。

九階で降りて、さらに階段を上り、鍵の壊れた扉を開け放す。目の前に、広い秋晴れの空が広がった。

「誰もいないみたいですね」

後から入ってきたさやこが、キョロキョロと辺りを見回す。吉野と岸川の姿は見えなかった。自分からさやこをこの屋上に連れてきたくせして、僕はちょっとだけほっとした。いきなり彼女を紹介する流れになるのは、やっぱり気恥ずかしいし、どう振る舞うのが正解なのかも分からない。

いなくてよかった、と安堵しながら、僕は屋上のど真ん中まで進んでいって腰を下ろした。

「今日は、古文をたくさんやりたいんです」

ワンピースをふわりと浮かせながら、さやこが隣に座る。その距離がけっこう近くて、心臓がぴくりと跳ねた。

「この間、敬語の導入部分を教えてもらったので、今日はもう少し細かいところを」

「分かった。じゃあ、まずは前回の復習テストから行こうかな」

何気ない調子でそう返すと、さやこはあからさまに動揺して、「どうしよう」と顔を赤くした。リュックから取り出したノートを急いで開き、中身を読み始める。

——やっぱり、すっかり忘れている。

僕は苦笑して、「冗談だよ」とさやこの肩をそっと叩いた。さやこはきょとんと僕の顔を見つめた後、ほっとため息をつき、恥ずかしそうに笑った。

「テストはまた今度にしてください。今日は、心の準備ができてないです」

「はいはい」

それ以上は突っ込まないことにして、僕はさやこから古文の文法書を受け取った。このあいだ教えたページの後ろには練習問題や読解問題が載っていたけれど、全部飛ばして、その続きを開く。今日は、敬語の解説から始めればいいようだった。もっとも、いろいろなものがぐるぐると頭の中で回っている今の状態で、満足に教えられるとは思えない。でも、さやこが勉強したいと言うのだから、その言葉を無下にすることはできなかった。

最近、ずっと冷たく苦しく感じられていた屋上の空気が、今は適度に涼しく心地よかった。太陽の暖かみも、きちんと僕の肌に伝わっている。

さやこが隣にいるというそれだけのことで、僕の知覚する世界は、こんなにも簡単に変化を遂げるのだった。

僕が文法書の内容を嚙み砕いて話し、それに対してさやこがとりとめもない疑問を投げ返す。何の変哲もない、緩やかな時間だった。彼女が僕のそばにいることは当たり前のことではないのだと、あれほどこの十日間で思い知ったのに、やっぱり、さやこはごく自然に僕のすぐ横の空間へと入り込んできた。

まるで、僕と連絡を絶っていたことを忘れてしまったかのように。

昨夜泣きじゃくって僕の胸に飛び込んできたことを、なかったことにするかのように。

「時田さん？」

いつの間にか、彼女の質問を無視して考え込んだり、解説をしている途中で黙りこくったりしていることがあった。そのたびに、さやこの左手が肩や背中にそっと触れ、僕は我に返って古文の手ほどきを続行した。

さやこだって、僕の様子が尋常じゃないことには気づいているだろう。だけど、彼女はそのことには言及せず、文法書を読みながら無邪気に感想を言っていた。「『大殿(おおとの)ごもる』って言葉、敬語の中で一番好きです」とか、「『侍(はべ)る』って単語は意味がたくさんあるから、困るんですよね」とか、そういう表面的なことを。

そうして、長い間、僕はさやこに向かって喋り続けた。ほぼ真上にあった太陽が、だんだんと西へと傾いていって、僕らの影を伸ばした。

いつまでも、こうやって彼女のそばで——身体を動かせば肌と肌が触れ合うくらいの距離で——静かな時間を過ごしていたかった。できれば、その小ぶりな左手を僕の右手で包み込んでしまいたい。だけど、彼女の左手を独占することは、今の僕にはどうしてもできなかった。

やっぱり、一つ、確かめておきたいことがあった。

コンクリートの床に置いたノートへと屈み込み、シャーペンを持った左手を懸命に動かしているさやこのことを眺めながら、何気なく尋ねた。

「さやこって、第一志望の大学はどこなの？」

「え？」さやこはそのままの体勢で顔をこちらに向け、目を瞬いた。「どういうことですか」

「パンフレットもいろいろ集めてたみたいだし、まだ迷ってるのかなと思って。さやこのことを見てると、別に、この大学が一番ってわけではないような気がしてさ」

「いえいえ、もちろん、ここが一番ですよ」

さやこは途端に笑顔を作り、シャーペンを持った左手をひらひらと顔の前で振った。

「じゃなかったら、時田さんにキャンパスガイドや家庭教師を頼んだりしないです。ただでさえ厚かましいお願いをしているのに、第一志望じゃなかったらあまりにも失礼じゃないですか」

そっか、と僕は小さく呟いた。予想していた回答ではあったけれど、胸がズキンと痛むのは避けられなかった。

――もしかして、彼女は知っているのだろうか。

そんな考えが、頭をよぎる。

そのまま、僕は思考の渦に呑み込まれた。昨夜からずっと考え続けていたことが、濁流となって、頭の中を掻き回す。

その波が頭蓋骨を内側から激しく叩く。その大きな衝撃と揺れに耐えられなくて、思わず叫び出しそうになる。

——やっぱり、さやこは、気づいていたのだろうか。

「どうしたんですか？」

さやこの心配そうな声が聞こえ、僕はふと現実に引き戻された。顔を上げると、さやこが不安げな顔をして、こちらを覗き込んでいた。

「いや……何て言うか、さやこはすごいなあと思って」

「え、どこが？」

「全部。和菓子屋で働き始めてもう三年になるのに、自分の意志でもう一度大学を目指そうとするところとか。初めて会った僕を引き込んで、どんどん自分の味方につけていくところとか。そういう積極性って、みんながみんな持っているものではないよ」

少なくとも、僕にはないな——と呟いてから、僕はおもむろに立ち上がった。それから、屋上を囲む銀色のフェンスのほうへと歩き始める。

金網の上のほうを両手でつかみ、腰をくの字にしてフェンスに体重をかけた。肩のあたりの筋肉が伸びて、寝不足による疲れが取れていく。

すぐに、パタパタと靴音がして、さやこが横に追いついてきた。右隣にぴたりと並んで、僕のシャツの裾を指でつまむ。そして、そっと身を委ねてきた。

「綺麗ですよね、ここからの景色」

そんな感想を言いながら、さやこは僕と同じようにキャンパスを見下ろした。僕の肩に、さらさらとした黒髪がかかっている。かすかに、シャンプーの匂いがした。

僕はふっと息を吐き、空を見上げた。青と白の入り混じった明るい空を眺めていると、遠くのほうから、楽器の音が流れてきた。とても微かで、耳を澄まさないと分からないくらいだ。第二部室棟で、誰かが練習し始めたのかもしれない。こんなところまで聞こえてくるものだとは、今の今までまったく知らなかった。

昨夜も――こうやって空を見上げながら、音楽に耳を傾けていた。

眠ろうとしてベッドに潜り込んだのに、いつまで経っても目は冴えていた。仕方がないから、部屋の窓を開けてベランダに出てみた。見上げると、夜空に星がいくつか見えた。そこで思い出したのが、第二部室棟の練習ホールでさやこが弾いていた、『きらきら星』のオリジナルアレンジだった。

細かく高い音が続く、楽しげなフレーズ。その音楽をもう一度聴きたくて、部屋に戻って携帯を手に取り、インターネットで曲を検索した。入力したのは、『きらきら星』『ピアノ』というワードだった。本当はさやこの演奏を聴きたかったのだけれど、あいにく録音はしていなかったから、似たようなピアノアレンジがあれば聴きたいと考えたのだ。

昨夜携帯のスピーカーから流れてきた曲と、あのときさやこが軽々と演奏していた旋律が、交互に頭の中に流れる。

頭の中で舞っていたいくつもの紙の切れ端が、一つに集まってくる感覚があった。

「さやこ」

僕は金網から手を離して、横を向いた。「何？」とこちらを振り返ったさやこの目を、まっすぐに見つめる。

「行こう」

手を取って、強く引っ張った。さやこの驚いた顔がちらりと見えたけれど、気にしなかった。「どこに？」という戸惑った声には、あえて答えなかった。

さやこの手を引いて、僕は屋上を飛び出した。

# 第四曲　彼女の左手

勢いよく扉を開け放してホールに飛び込むと、てんでばらばらの方向を向いて個人練習をしていた学生たちが、驚いた顔でこちらを振り向いた。天井の高い真四角の大部屋から、トロンボーンやコントラバスの音が一斉に消える。

部屋には七、八人の管弦楽部員しかいないようだった。ダンスサークルやアカペラ同好会の学生は、まだ来ていないようだ。そしてタイミングよく、練習ホールの一番奥に据えられているグランドピアノの前には、誰も座っていなかった。

彼らの視線を物ともせずに、僕はさやこを部屋の奥へと引っ張っていった。見よう見まねで、ピアノの蓋を開け、赤いカバーを外し、ピアノ椅子の位置を鍵盤の右端に揃える。それから、戸惑っている様子のさやこを椅子に座らせた。

「ど、どうしたんですか。……時田さん？」

有無を言わさぬ僕の態度に、さやこは少し怯えているようだった。

「弾いて」

「え？」

鍵盤を指差す。横向きに椅子に腰かけているさやこは、ピアノのほうへとちらりと目をやってから、急に不安そうな目をしてこちらを見上げてきた。

「最後に……弾いた、曲」

彼女が僕の言葉を繰り返す。彼女の唇は、微かに震えていた。

「聴かせてほしいんだ」

さやこの背中を押すように、もう一度強い口調で言う。「ね？」

しばらくの間、さやこは黙ったまま、顔を横に向けて白黒の鍵盤を見下ろしていた。身体を強張らせて、じっと動かずにいる。その横顔には、ためらいの表情が浮かんでいた。

右手と同じようにぴくりともしていなかった彼女の左手が、だんだんと膝の上で縮こまっていった。ワンピースの布をぎゅっとつかんだ五本の指が、徐々に黄色く変色していく。

――ごめん。

引き返したい、と思ってしまう。さやこの困った顔も、揺れている表情も、見たくはなかった。

だけどこれは、僕たちにとって、どうしても必要なことなのだ。

すう、とさやこが息を吸う音が聞こえた。

覚悟を決めたように唇を結び、身体を鍵盤のほうへと向ける。左脚を大きく開いて真ん中のペダルにのせてから、少しだけ腰を浮かせ、僕が置いた場所よりも左へと椅子の位置を戻した。そしてもう一度椅子に座り、ペダルとの距離を確かめる。

ようやく、彼女は腕を伸ばして低音部の鍵盤に触れた。そして、意を決したように弾き始めた。

それは、ゆったりとした、低音の連続から始まった。

耳に心地よいフレーズだ、と感じたのも束の間、その旋律がすぐに不穏(ふおん)なものへと変化する。始まりよりもさらに低い、音とも思えないようなもやもやとした低音が小指のあたりで絶えず鳴り、親指は力強く、不安を煽るように単音を叩いていく。

彼女の指は、長い間、鍵盤の低いところでゆらゆらとうごめいていた。

その指が、何の前触れもなく、何度も行ったり来たりしながら駆け上がっていく。だんだんと音が速くなり、気がついたときには、彼女の指は鍵盤の上をめまぐるしく動いていた。

凄まじい速さでピアノを掻き鳴らす。高いところで繰り返し音を奏でたかと思えば、すぐに低い音域へと後退していって、またすぐに元の位置へと戻ってくる。次々と鍵盤を触っていく四本の指とは対照的に、彼女の親指は、最初から一貫して、聴く者の腹を突き上げるような、陰鬱（いんうつ）な音を叩き出していた。

——聴いたことがある。

この吹き荒れる嵐（あらし）のような旋律の波を、いったいどこで聴いたのか。響き渡る音に呑み込まれながら、懸命に脳内をひっくり返す。そして、ふと思い出した。

パウル・ヴィトゲンシュタイン。第一次世界大戦の戦乱の中で右手を失った、オーストリアのプロピアニスト。彼が著名な作曲家に依頼して作らせた、数々の、左手のためのピアノ曲。

——モーリス・ラヴェルの、『左手のためのピアノ協奏曲』。

左手のために書かれたピアノ曲の中で最も有名な、あの曲だった。オーケストラと交互に演奏を繰り広げ、一曲を通して何度も低音を掻き鳴らす、威圧感と重厚感にあふれたクラシック曲。二十分近くある壮大な協奏曲の終わりには、超絶技巧を繰り広げる、長いピアノソロがあった。さやこが今弾いているのは、おそらく、その部分だ。左手のピアニストについて調べながら、BGMとしてパソコンのスピーカーから流していただけだったから、これほどの重量と熱量を伴う曲だとは分からなかった。

それは、僕が初めて見る、彼女の真の姿だった。

熱いようで、冷たさがじわりと押し寄せる。彼女の弾く無数の音の連なりは、水を感じさせた。手を浸しても感触や温度が分からない、実体のない水だ。そのイメージが深くうねり、歪み、黒く濁って、また新たな波を吐き出していく。

さやこは眉間にしわを寄せ、時に目をつむりながら、無数の音符をその五本の指から生み出していった。僕も目を閉じてみる。視界が真っ暗になって音楽だけに耳を傾けていると、これらすべての音をたった一本の手で奏でる彼女の左手の動きが、まったく想像できなかった。

さやこに似合うはずがないと思っていた激しいピアノソロを、彼女は今、僕の目の前で、左右に身体を大きく揺らしながら繰り広げている。

百年前の音楽家からほとばしる、魂の叫びを。

誰も望まない戦乱の中で生まれた、怒りや絶望を。

恐怖。衝動。焦燥感。この曲に込められている感情を、彼女はいともたやすく紡ぎ出していた。混乱の時代に生きた作曲家の思いや、ピアニストの命である腕を失った演奏家の悲しみが、音に乗って僕の元へと運ばれてくる。

壁に反響して暴れ回っている、この怒濤のような音を聴けば分かる。彼女は、曲の意味を頭で理解して、解釈どおりに表現しているわけではない。自分の中にある揺らぎや熱さや苦しみを、鍵盤の上を這い回る五本の指を通して、何倍にも増幅させているのだった。

同じような音の連続が、不意に、色を変えた。

思わず目を開ける。そしてはっとした。

上気したさやこの顔には、うっすらと、柔らかな笑顔が浮かんでいた。

暗い絶叫に聞こえていた旋律が、力強い決意へと姿を変えていく。それでも生きていくのだ、という強い希望。私はここにいる。迷いはしない。残されたものを抱えて、力強く前へ進んでいけばいい。

曲がそう言っているのか、さやこが自分なりのメッセージを込めているのか、僕には分からなかった。きっと後者だろう――そう思った瞬間に、さやこの左手が、最も激しい高音と低音のグラデーションを奏でだした。

大量の水しぶきが上がっているようだった。何度も何度も、鍵盤を右へ左へと往復する。

そして突然、高音の鍵をけたたましく打ったかと思うと、さやこの左手が勢いよく鍵盤から離れ、大きく左へと跳躍した。

オクターブの幅に広がった親指と小指を、低音の鍵盤に勢いよく叩きつける。

一瞬のうちに、曲は終わった。

しばらく、僕は呆然としていた。さやこも、椅子に手をついたまま、肩を上下させていた。

すげえ、という囁き声と、小さな拍手が後ろで聞こえた。それでようやく我に返る。

「あっ」と声を上げて、さやこがこちらを振り返った。曲の終盤で見せた笑顔は消えていて、驚いたような表情が浮かんでいた。

もしかしたら、最後まで弾き通すつもりはなかったのかもしれない。それが、いつの間にか深くのめり込んで、曲の持つ世界にさやこ自身が引き込まれていたのだ。

「知ってるよ、この曲」

僕はさやこに優しく話しかけた。

「左手のために書かれた曲の中で、一番有名なんだよね。前に、ちょっと調べてみたんだ」

「そう、ですか」

さやこはまだ息を切らしていた。五分ほどの演奏を左手だけで乗り切るのに、いったいどれほどの体力と精神力が必要なのだろう。

背後で、また管楽器の音が聞こえ始めた。学生たちの視線と注意が逸れたことを知り、肩の力が抜けた。

「十月十六日」

ゆっくりと、昨日の日付を口にする。

「確か、前にマスターが言っていたよね。全国クラシックピアノコンクールの、埼玉県会場の本選の日だ。マスターが出場するのは、来週行われる一般男子の部。昨日は、一般女子の部」

その日付のことを思い出したのは、昨夜、帰りのバスに揺られているときだった。少し、引っ掛かっていたのだ。あのときパンフレットは僕の手元にあったのに、自分が出場する予定の男子部門のみならず、関係ないはずの女子部門の日程までマスターがすらすら言えていたから。

あのときは何も分かっていなかったけれど、そのせいで、日付だけは辛うじて頭の中に残っていたのだった。

「さやこは、昨日、コンクールに出ていたんだよね？」

「……はい」

さやこは俯いて、小さく頷いた。「ダメだったんだけどね」と聞こえないくらいの音量で呟く。

それは分かっている。結果が悪かったから、さやこは昨夜、あんなに泣いていたのだろう。本選に出場して玉砕（ぎょくさい）した帰り道、ようやく家まで戻ってきたところで、僕に遭遇してしまったのだ。

さやこの家族やマスターがそれぞれの店を臨時休業にしていたのは、さやこの晴れ舞台を見に行くためだった。各県で行われる本選は演奏会形式だと、以前、マスターが言っていた。

「最近連絡が取れなかったのは、本選が迫っていて、練習に追われていたから？」

「そうです」さやこは左手で口元を覆った。「ごめんなさい。理由も言わずにずっと連絡を絶ってしまって。本当にごめんなさい」

「いや、いいんだよ。むしろ、ちょっと安心した」

本心だった。そこで負い目を感じてほしくはない。

ただ、さやこに訊きたいことは山ほどあった。どれから順番に話していこうか、と迷う。

昨夜からずっと頭がこんがらがっていたけれど、もう大丈夫だ。さっきの演奏を聴いて、すべてが確信に変わっていた。

「教師になりたいっていうのは、嘘だね」

たくさんの質問の言葉の中から、慎重に一つを選び出す。尋ねるなり、さやこは口をつぐんでしまった。そのバツの悪そうな表情を見て、「責めているわけじゃないから」と慌てて付け加える。

「ううん……嘘じゃないよ」僕から目を逸らしたまま、さやこは首をゆらゆらと左右に振った。「コンクールに出てたことを隠してたのは、ごめんなさい。でも、だからと言って、学校の先生を目指してないわけじゃないんです。音楽の先生になるなら、コンクールの入賞歴があったほうが、もしかしたら有利になるかもしれないじゃないですか。

だから、この大学に入って教員免許を取ろうとしてるのは、嘘なんかじゃなくて――」

「いや、違う。さやこは、うちの大学に入りたいとは思っていないはずだ」

懸命に嘘をつき通そうとするさやこの言葉を遮って、僕は彼女に尋ねた。「教員養成課程、って知ってる？」

「教員……養成課程？」

やっぱり、さやこも知らないようだった。

「教育学部には、二つの種類があるんだ。一つは、教員免許の取得を目指す、教員養成系。これは教員養成課程を通じて実際に学校の先生を育てることを目的としているから、小学校から高校まで、様々な科目の免許が柔軟に取れるようになっている。もう一つは、教育学系。こっちは教育学という学問を研究するのが目的だから、教員免許の取得は必ずしも卒業要件に入っていなくて、卒業生の進路もバラバラなんだ」

うちの大学の教育学部は後者だ、と僕はさやこに説明した。すごく小さな学部で、いろいろな種類の免許をいくつも同時並行で取れるようなカリキュラムにはなっていない。むしろ、社会学や心理学など、多岐にわたる視点から教育学を研究するという目的が強く、卒業生のほとんどは企業に就職してしまう。だから、大学受験の時点でどの教員免許を取得するか迷っているような人は、うちの大学を選ばない――と。

実は、僕もよく分かっていなかった。文系の学部には興味がなかったから、教員免許くらい一通り取れるものだと思っていたのだ。それを覆したのは、「そもそも卒業して教師になる奴がすげえ少ない」という、飲みの席での吉野の発言だった。あのときは酔っ払っていたから気に留めていなかったけれど、昨夜改めて調べてみたら、うちの大学で取得できる教員免許はずいぶん限られていた。学科を選べば小学校は可能だけど、芸術専門の養成課程がないから音楽の教員免許は取れない。つまり、さやこが希望している選択肢の半分は、そもそもうちの大学では叶えられないのだった。

　さやこは目を見開いたまま、僕の小難しい話を聞いていた。小学校なのか中高の音楽なのか、どの免許を取るかは大学に入ってからゆっくり決めたい——という過去の発言の矛盾に、ようやく気づいたようだった。

　それでなくても、もともと変だとは思っていた。この大学を目指しているにしては、さやこはずいぶんと勉強が苦手そうだったし、興味もなさそうだった。それに、うちは私立大学だから、文系の学部だけを受けるなら、数学は受験に必要ない。だから途中から、国公立の受験も視野に入れているのかな、とは考えるようになっていた。それもそれで、ハードルが高いような気がしていたのだけれど。

　でも、やっぱり、そういうわけでもなかったのだ。

「この大学が数ある選択肢のうちの一つでしかなくて、第一志望校が別にあるんだったら、それでもまあ筋は通るかなと思っていたんだよ。だから、さっき尋ねたんだ。『第一志望の大学はどこなの』って」

　さやこは下唇を噛んで、視線を床へと向けた。彼女を追い詰めているようで、だんだんと息苦しくなってくる。でも、もう止められなかった。

「君は、ここが第一志望だと明言した。それで、さやこが僕にずっと嘘をついていたことが分かってしまった。だって、この大学を本気で目指そうとしたことが一度でもあるなら、受験科目が国語・英語・地歴の三科目だってことも、希望する免許が取れないってことも、とっくに調べてあるだろうからね」

　試すような行為をして、悪かったとは思う。だけど、そうでないと確信が持てなかったのだ。

「さやこが本当はどこの大学に入りたいのか、それとも大学受験をしたいということ自体が嘘だったのか、僕にはまったく見当がつかない。――でも、たぶん、目指しているとしたら、音大なんじゃないかな」

　音大、という言葉を発した瞬間に、さやこの肩がぴくりと震えた。そして、悲しそうな顔をしてさらに俯いた。分かりやすい反応だった。

　僕は、大きく息を吸い込んだ。

「君の夢は、ピアニストだ」

　そう断言する。さやこは目を伏せたまま、何も言わなかった。

――やっぱり、そうだったのだ。

さやこは、僕が思っていたよりも、ずっと遠くの世界をまっすぐに見据えていた。決して、現状に満足していない。遥かな夢を追いかけて、日々厳しい鍛錬を積み重ねている、努力の人だった。そうでなければ、己のすべてをピアノに打ちつけるような、あの演奏ができるわけがない。

このことに気づいたのは、昨夜、きらきら星の演奏動画を携帯で再生したときだった。『きらきら星』『ピアノ』という二つの検索ワードを打ち込んだとき、トップに出てきた動画のタイトルを見て、思わず首を傾げた。『モーツァルト　きらきら星変奏曲』とあったからだ。いくら音楽に疎い僕でも、モーツァルトがクラシック界の大御所であることくらいは分かる。吸い寄せられるように、僕はその演奏動画を再生した。

彼女が前回この練習ホールできらきら星のアレンジを弾いたのは、ほんの十数秒程度のことだった。さやこは童謡を自分で編曲したのだと言っていたけれど、携帯から流れてくる旋律を聞いて、それが嘘だったと初めて気がついた。あのときさやこが弾いていた旋律は、モーツァルトのきらきら星変奏曲の一部とほぼ一致していた。

――クラシックは、普段はあんまりやらないんです。楽譜に忠実じゃなきゃいけなくて、疲れちゃうので。

以前、さやこはそんなことを言っていた。でも、その言葉は事実とは異なっている。

れっきとしたクラシック曲をできるだけ正確に演奏しようとする姿勢は、あのときちらりと弾いたきらきら星のワンフレーズの中に、すでに表れていたのだから。

僕が以前から、彼女のピアノの中に並々ならぬ実力と鮮烈なイメージを感じ取っていたのは、何も間違っていなかったのだ。あれは、プロのピアニストという高みを目指して必死で努力している人の演奏だった。左手一本でピアノを弾くさやこを見て、マスターがたびたび憂いの目をしていたのも、この教え子を本気で大成させたいと思っていたからこそなのだろう。

僕は、彼女の一番根っこの部分をまったく無視したまま、さやこという女性に惹かれ、ずっと前から知っているような気になっていたのだ。

——なんて独りよがりだったのだろう。

ごめん、と思わず口から言葉が出ていた。さやこが顔を上げ、驚いたようにこちらを見た。どうして僕が謝っているのか、分からない様子だった。

「一つ、質問させて」

「……何ですか？」

「あのとき、さやこはどうして、医学部棟の屋上にやってきたの？」

さやこははっとした顔をして、「それは」と口ごもった。やっぱり、自分からは言いたくないみたいだった。

今、改めて分かったことがある。

――彼女は、あまりに心優しいのだ。

「考えれば考えるほど、どんどん疑問が浮かんできたんだ」

さやこの答えを待たずに、僕は言葉を続けた。

「だったらさやこは、なんでこの大学にやってきたんだろう。それから、ピアニストになりたいという夢のことを、どうして僕に言ってくれなかったんだろう。せっかく駒を進めた本選に向けて猛練習しなきゃいけないはずの大事な時期なのに、教師になりたいから勉強を教えてほしいなんて真っ赤な嘘をついてまで、そのことを僕に隠していたのはなぜなんだろう、って。それは、たぶん――」

さやこに初めて会ったときのことを思い返す。

晴れた日の屋上で、薄い桃色のスカートをはいたさやこが、キャンパスの地図を持って駆け寄ってきたときのことだ。

もう、答えは出ていた。

「僕に、ばったり――偶然会ったことにしたかったからだ。知らない者同士が、たまたま仲良くなったように見せたかったからだ」

そう言うと、さやこが観念したようにぎゅっと両目をつむった。

あのさ、と僕は切り出した。

「清家さやこ、っていうのは——演奏名？」

「君の本当の名前は、荒城——」僕は少し迷ってから言った。「絢乃、かな」

さやこは目をつむったまま、身じろぎもしなかった。

「……あの脱線事故の日に、僕が助けた女の子だよね」

恐る恐る訊いてみる。

あの日のことは、今でも鮮明に記憶していた。

横転した車両の中で、僕は少なくとも四人の怪我人を瓦礫の中から引っ張り出して、自力でレスキュー隊員に引き渡した。ベビーカーの中で固まっている赤ちゃん。しゃがみこんで頭を抱えている老人。座席の間に挟まれた中年女性。そして、血まみれの大人の下敷きになって、涙にまみれた顔をかろうじて覗かせていた、小さな女の子。

「……はい」

さやこはこくりと首を縦に動かし、蚊の鳴くような声で答えた。

あのとき、僕は小学五年生だった。二つ年下というのが嘘でないのなら、さやこは小学三年生。僕が助け出した女の子は、僕よりずいぶん小さかったから、小学一年生くらいかと思っていた。だけどそれも、クラスで一番背が低くてよくからかわれていた、というさやこの発言を思い出すと頷ける。

何より——あのときの女の子は、身体の半分だけが、大人の下敷きになっていた。今でも鮮明に覚えている。彼女の細い腕と脚を両手に握って、懸命に引きずり出したことを。

「君の腕、生まれつきなんかじゃないんだろ。先天的に麻痺してるわけじゃない。あの事故で、大怪我をしたんだ」

上腕骨の骨折は、腕の神経や筋肉の損傷度合いによって、麻痺や拘縮といった後遺症を招くことがある。

——外科の授業で、そう勉強したじゃないか。

「ああ」さやこが目を開けて、ため息とともに悔しそうな声を出した。「やっぱり、素人が医学生を騙そうとするなんて、無謀だったんですよね」

——いや。

ひとえに、僕の臨床経験不足のせいだ。整形外科の病院実習にきちんと出席して、似たようなケースの症例に巡り合っていれば、最初に見抜くことができたかもしれない。

「ちなみに、右脚にも軽い麻痺があるっていうのは、本当？　それとも嘘？」

「ごめんなさい」さやこは苦しそうな声で言い、左手を膝について頭を下げた。「右脚は、ちゃんと動きます。腕も脚も、事故で骨折はしたけど、脚は治ったんです。だけど、生まれつきってことにするなら、右半身全体に症状が出ていないとおかしいのかなと思って……」

　彼女の右腕が動かないと初めて知った図書館で、「脳性小児麻痺」という言葉を、あたかも難しい専門用語のように口にしていたさやこを思い出す。あのときさやこは、本を探しに行ったまま、二十分も席に戻ってこなかった。そのわりに、運んできた十数冊の学習書は、使えるものと使えないものが入り混じっていて、適当に本棚から抜き取ってきたかのようだった。あくまで想像だけれど、帰ってくるのが遅かったのは、僕に対する嘘のつき方を迷っていて、脳性小児麻痺に関する本でも読んでいたからなのかもしれない。

　そうやって彼女が手に入れた付け焼き刃の知識で、今の今まで、僕はすっかり騙されていたのだ。

「どうして、分かったんですか」さやこが顔を上げて、まっすぐに僕の目を見つめてきた。「私が、『アヤ姉』って呼ばれてたからですか」

「うーん、それは後付けかな」

　荒城絢乃。彼女の苗字については確証が持てたけれど、下の名前に関してはあくまで臆測（おくそく）だった。さやこ、というのが本名である可能性も、さっきまで捨ててはいなかった。

「和菓子の包み紙だよ。黄緑色の小さなモミジの葉がたくさん描かれた、春夏用のほう。あれとまったく同じ柄の和紙で作られた封筒に、見覚えがあるような気がしてさ。前にも話したと思うけど、毎年、お礼の手紙が送られてくるんだ。荒城藤子さん、っていう女性の方から」

その手紙の送り主こそ、僕が昨夜会った、さやこの母親なのだろう。背の高い母親は、僕のことを一目見て、「やっと会えた」と嬉しそうに言っていた。

それもそうだろう。彼女はこの十二年間、僕に手紙を送り続けていたのだから。

「もうずいぶん長いこと、手紙の中身は読んでいないんだ。だから、荒城藤子さんという人がどういう経緯で僕に感謝しているのかも、もはやうろ覚えなんだけど――確か、『あのとき娘を助けてくれてありがとう』っていう内容だったと思う」

その娘というのが、僕が助けた女性のうちの誰を指すのか、ろくに手紙を読んでいない僕はよく分かっていなかった。中年女性のことかもしれないし、ベビーカーに乗っていた赤ちゃんのことかもしれない。どちらにしろ、忘れ去りたい過去の話なのだから、特定する必要性すら感じていなかった。娘の名前が書いてあったかどうかさえ、記憶になかった。

それが最後に助けた小さな女の子のことだったと気づいたのは、さやこの母親がくれた和菓子の包みを、昨夜家に帰って鞄から取り出したときだった。

明るい蛍光灯の下で見たその和紙は、ざらざらとした質感も細かい黄緑色の葉の模様も、このあいだ母が手渡そうとしてきた封筒にそっくりだった。

「やっぱり、そうでしたか」さやこが意気消沈した口調で呟いた。「あの包み紙、ちょうど十月から色を変更してるんです。このあいだ私が時田さんに和菓子をあげたときは、わざわざ赤い葉っぱのほうを使ったんですよ。母が使っている封筒とまったく同じだと気づかれてしまうと思ったので。それなのにお母さんったら——せっかく十月になったのに、間違えて黄緑色のほうを使っちゃって」

「だから、昨日は慌てていたんだね。秋冬用の紙で包み直してくる、って」

「はい。でも、そのまま持って帰られちゃいました」

さやこはピアノ椅子に座ったまま、悲しそうに微笑んだ。

もちろん、和紙の柄だけですべてを確信したわけではなかった。封筒は母がどこかに片づけてしまったから、見比べて断定することはできなかったのだ。だけど、コンクールのことや、大学受験に向けた勉強のこと、アヤ姉という呼称のこと、そして母親が春夏用の包み紙を使ったと知ったさやこがやけに慌てていたことなど、いろいろな違和感を繋ぎ合わせてみて、きっとそうだと思った。

この子は、僕の前に突然現れたのではない。清家さやこという名前でもない。脱線事故で大切な右腕を失ってから数々の試練に耐えてきた、荒城絢乃という、遠い昔に僕と出会っていた女の子だったのだと。

「私、頑張ってたんですよ」さやこが口惜しそうにいった。「私のことを『絢乃』って呼ぶのは両親だけだから、家には連れて行かないように気をつけたり。もともと私のことを演奏名で呼んでいるマスターにも、コンクールのことは黙っているようにお願いしたり。あと、相洋台駅に行ったときも、私があまりにも取り乱してしまったら変に思われるから、なるべく普通に振る舞ったり」

でも、こんなに穴だらけだったんですね——と、さやこは肩を落とした。

「もう一度訊くけど」僕は腰を屈めて、さやこの目を真正面から見据えた。「あの日、医学部棟の屋上にやってきたのは、なんで？　どうして、こんなにたくさんの嘘をついてまで、僕に近づいてきたの？」

予想はついていた。だけど、まずは、ちゃんと彼女の口から聞いてみたかった。

今度は、さやこが口をつぐむことはなかった。彼女は膝に置いていた左手を持ち上げて、するりと白黒の鍵盤を撫でた。

楽譜のない譜面台を見つめながら、さやこは語り始めた。

「大学受験をしたいと前から思っていたのは、本当のことです。だけど、時田さんの言うとおり、行きたいのは音大でした。この近くに、四年制と二年制の両方の課程を持つ、私立の音大があります。私立はお金がかかるので本当は国公立がいいんだけど、二年制ていたんです」

その音大の存在は、僕も知っていた。最寄り駅を挟んで反対側にある大学だ。よく、駅で楽器のケースを背負った学生たちを見かける。

「そのことを親に話していたら、『それって、時田くんが通っている大学のすぐそばじゃない？』って言うんです。どうやら、時田さんのお母さんからのお手紙に、何度かそんなことが書いてあったらしくて」

僕は驚いて訊き返した。「返事、出してたの？　うちの親が？」

「はい。丁寧に毎回お返事ももらっていますし、写真のやりとりもしているみたいですよ。毎年、年賀状のように、時田さんと私の写真を交換しているんです。親としては、あれほどの事故に遭った子どもたちが元気に育っていることを確かめ合うような気持ちなのでしょうけど……子どもからすれば、ちょっと恥ずかしいですよね」

まったく知らなかった。僕に対して厳しく接することしか頭にないと思っていたあの母が、裏では親の典型のような真似をしていたとは。

「あの、時田さんも、ご存じでしょうけど——あの事故のとき、救助活動の最中に、もともと潰れかけていた車両が大きく崩れたらしいんです。その下敷きになって亡くなった方が多くいたということでした。でも、私は既に病院に運ばれている途中だったから、右腕と右脚の骨折だけで済んだんです。もし先に助け出してもらっていなかったら、私はもっと大怪我をするか、命を落としていたかもしれない。『時田くんには感謝してもしきれないんだよ』って、小さい頃から母に言い聞かせられて育ってきました」

　だから、と彼女は語気を強めた。

「せっかく近くまで行くなら、一度、会ってみたいと思ったんです。私の恩人である時田さんが、いったいどういう声をしていて、今どういうふうに生活しているのか、見てみたい。そう思ったんです」

　本当は、音大のキャンパス見学に行くついでに僕の大学を訪ねればいいと思っていた。だけど、過去の手紙を読み返してみても、僕の母は大学名にしか言及しておらず、学部名や学年さえも一切分からない状態だった。これでは、大学に足を運んだところで、到底会うことなどできない。

　その頃にはすっかり僕に会いに行く気満々になっていたさやこは、諦めることができなかった。そこで、手紙に書いてあった住所を頼りに、春日部から横浜まで遠征（えんせい）することにした。

　僕の家の玄関が見えるところで、さやこは半日ずっと待っていた。途中で母親が仕事に出かけていくのが見えたけれど、僕はなかなか家から出てこなかった。もしかしたら一人暮らしをしていて、ここではないところに住んでいるのかもしれない。そう心配し始めた頃に、何も知らない僕が、鞄を肩に引っかけて家から出てきた。

「写真でしか見たことなかった時田さんを初めて見て、感動したんです。あの人が、私の命を救ってくれた人なんだ。私を電車の中から助け出してくれた、少し年上の勇敢なお兄さんなんだ、って。私にとっては、小さい頃からずっと話を聞かされてきた、憧れの人でしたから、とても感慨深い瞬間でした。でも、いきなり話しかけることはできませんでした。というのも――」

さやこは気まずそうに僕の顔をちらりと見て、また視線を譜面台のほうへと戻した。

「――知っていたからです。時田さんが、脱線事故のことを思い出したくないってこと。お父さんを亡くして、それがトラウマになってしまっていること。私の母が毎年出している手紙にも、拒否反応を示して一切読んでくれてはいないこと。……全部、時田さんのお母さんからの手紙に書いてありましたから」

胸をペンチで締めつけられるような心地がした。

さやこは優しすぎるのだ。そうやって、いつも僕に対して、必要以上に気を使う。

「だから、しばらく、後をついていってみることにしました。時田さんは私なんかに会ってもまったく嬉しくないはずですし、むしろ正体を明かしたら気分を悪くするでしょうから、まずは一方的に観察してみることにしたんです」

趣味が悪くてごめんなさい、とさやこは頭を下げた。相変わらず、僕のほうを向こうとはしなかった。

　さやこに後をつけられているとは気づかず、その日の僕は駅まで歩いていって、電車に乗り込んだ。

　約一時間後、僕は正門をくぐり、大学のキャンパスへと入っていった。

　医学部棟のエレベーターに僕が乗り込むのを確認してから、さやこはエレベーターホールへと入り、表示を見て僕が九階で降りたことを把握した。そこで、戻ってきたエレベーターで九階へと向かい、僕の姿を探した。チュートリアル室と表示のある小部屋を覗き込んでみたり、隅から隅まで廊下を歩き回ってみたりしたけれど、ここが何の建物なのかも、僕がどこへ消えてしまったのかも分からなかった。

　見失ってしまったみたいだ、と肩を落としてエレベーターホールまで戻ってきたとき、階段に続くドアが半開きになっているのを発見した。そこにはさらに上へと続く階段があった。それを上っていって、突き当たりにあったドアのそばに隠れてガラス越しに覗き込んでみると、屋上の奥のほうに、あぐらをかいて何かを読んでいる僕の背中が見えた。

　――ああ、そういう経緯だったのか。

　さやこの話を聞いて、僕は納得した。おかしいな、とは思っていたのだ。初めて会ったときは「階段をどんどん上っていったら、ここまで来ちゃいました」と説明していたのに、さっき一緒に屋上に向かおうとエレベーターに乗り込んだとき、さやこが懐かしそうに「久しぶり」と呟いていたから。

「勉強しているのかな、と思いました。しばらくの間、そこに立ったまま、ずっと時田さんの後ろ姿を見ていました。それまでは電車に乗っている姿や歩いている姿を遠くから見ているだけだったけど、屋上で勉強している姿を後ろから眺めているうちに、時田さんという人は、とても勤勉で真面目な人だってことが伝わってきました。それで——いつの間にか、惹かれていたんです。写真より、時田さんはすごく魅力的で、素敵な男性に見えました。この人がどういう人なのか、もっと知りたい、話してみたい、って思うようになっていました」

さやこは左手を握りしめ、少し顔を上気させながら、強い口調で言った。

「でも、不安だったんです。脱線事故のときに助けた女の子だと分かってしまったら、最初から拒絶されてしまうんじゃないかって。私と向き合ってもくれないまま、追い返されてしまうんじゃないか、って。だから、素性を隠して近づくことにしたんです。名前は、マスターと一緒に昔考えた演奏名を使うことにしました。将来の夢を学校の先生ということにして、教育学部の建物を探しているという設定を作り上げました。キャンパス見学をしていて道に迷った受験生のふりをすれば、変な先入観を持たずに、ちゃんと私という人間のことを見てくれるんじゃないかと思ったんです。——私は、時田さんとまっさらな状態で出会い直すために、そして私のことを好きでいてもらい続けるために、今までたくさんの嘘をついてきました。本当に、自分勝手でごめんなさい」

　さやこは鍵盤に向かってうなだれて、肩を震わせた。僕に見えないように、左手で涙を拭っている。話しているうちに、感情の昂(たかぶ)りを抑えきれなくなってしまったようだった。

　僕は何も言わずに、彼女のことをじっと見つめた。僕の視線に気づいているのかいないのか、さやこは身体を小刻みに震わせたまま、静かに啜り泣いていた。

　彼女の言うことを鵜呑(うの)みにしたい――という気持ちは、もちろんある。

　途中までは、おそらく本当のことを話していただろう。でも、たぶん、彼女の言っていることには、まだあと一つ、嘘が隠されていた。

「さやこ」

　そっと彼女の肩に手を触れて、話しかける。

「もういいよ。これ以上、嘘はつかないで」

　そう言った途端、さやこがぱっと顔を上げて、顔に垂れた黒髪の間から僕のことを見つめ返してきた。

　遠くから観察しているうちに、僕という人間に惹かれていった。――と、さやこは言った。

それは嘘だ。

僕は、外見が飛び抜けていいわけでもないし、背が高いわけでもない。筋肉がついているわけでもないし、洒落た服を着こなしているわけでもない。

極めて平凡な人間だ。どう考えたって、素性を隠すという重荷を背負ってまで近づきたいと思わせるほど、魅力的な人間ではない。

ましてや、苦しい嘘を何個もついてまで、明日も会いたい、明後日も会いたいという気持ちにさせられるような男ではない。

涙に濡れた彼女の目を、じっと覗き込んでみた。

しばらく、僕らはじっとお互いの目を見つめ合った。

先に目を逸らしたのは、さやこのほうだった。悲しさと諦めが入り混じったような表情で、彼女は言った。

「だって、時田さん、あのとき——」

さやこの目から、大粒の涙が一つこぼれた。

「ダメだよ、あんなことしちゃ」

——やっぱり、気づかれてたか。

僕は、さやこと初めて会ったときの光景を思い出した。正確には、その直前のことだ。

風の強い日だった。あぐらをかいて読み返していたノートの切れ端が、風にさらわれ、くるくると回りながら入り口の扉のほうへと飛んでいった。

あれはただの下書きだった。まったく同じ文章が鞄の中のノートに書き写してあったから、なくなってしまっても大丈夫だと思っていた。

だけど、もし、あの紙が飛んでいった先に、さやこが隠れていたのだとしたら。

さやこがノートの切れ端に手を伸ばし、僕が綴ったあの文章を読んでいたのだとしたら。

「時田さんは、あのとき、屋上から――」

さやこが涙を拭い、僕を責めるような目で見上げてきた。

「……飛び降りようとしてたでしょ」


――ああ、やっぱり。


自分がスーパーマンだったら、どんなに良かっただろうと思う。

壁に挟まれている人を怪力で引っ張り出す。折れた金属の棒を瞬時に受け止める。うめいている怪我人を、ひとっ飛びで病院まで運ぶ。

そんなヒーローだったら。

あの光景を目の当たりにした日から、命というもののイメージがやけに軽くなってしまった。映画のワンシーンみたいに、いつも頭の中で繰り返される。たった一度の衝撃で、あれほど簡単に人が壊れていく光景が。

だから、僕には、これから自分自身が死ぬことに対するためらいも、ほとんどない。

思うに、そういう選択肢を隣に置いておくような人間に、人を救う資格なんて与えられるはずがなかったのだ。もっと早く気づけばよかった。でも、もう遅い。

さようなら。お世話になった皆様には感謝しています。

≀

「どうして、自殺しようと思ったんですか」さやこの赤い目が、僕をまっすぐに見上げた。「……血が見られなくなって、お医者さんになる夢が絶たれちゃったから？」

「うーん、どうなんだろうね」

その言葉は正確ではない。なぜなら、あのときの僕は、医者になる意味さえも見失っていたからだ。

実習に行かなくなってから四か月間、目的も未来も持たずに、独りでふらふらと彷徨い続けた。幾日も幾日も、どうしたって思考は同じところを回る。丸四年以上も、いったい僕は何のために日々を過ごしてきたのだろう。そもそも何になろうとしていたのだろう。これから何ができるだろう。なぜ、答えが出ないのだろう。どうして、道筋が見えてこないのだろう。こんなに長い間、どうして気づかなかったのだろう。何を思って、ロボットのように生活していたのだろう。自分の頭で考えることもせず。道を見極めることもせず。

さやこは、そういう気持ちになったことがあるだろうか。あるかもしれないし、ないかもしれない。

「もう、いいかな、って」

単純に、そう思っていた。

「楽しいことも、やりたいことも、何もなかったんだ」

希望もなかった。

五年生にもなって、すべてが白紙に戻った。少なからず努力や苦労をしてきた四年間が無になったことを受け入れる。雑多な葛藤は腹の中で消化して乗り越える。新たな可能性を見つけ出すべく勇気ある一歩を踏み出す。そんな気力は、どこにも残されていなかったのだ。

毎日毎日、実習に行っていないことを母に気づかれないようにと、あてもなく外に出た。そうやって喫茶店や漫画喫茶で使うお金は、すべて母が稼いできたものだった。罪悪感ばかりが募った。そのくせ、現状を打開する策を見つけようとはしなかった。

救急車同乗実習で列車に飛び込んだ男性が死ぬ現場を見てしまったことが、引き金になったのは確かだ。血を見ると脱線事故の恐怖を思い出すようになった。どうしても、臨床現場にいることができなくなった。それは、本当のことだ。

だけど、僕がもう少し強かったら——これしきのことで崩れない精神力を持っていたら、実習をリタイアするようなことにはなっていなかったのではないだろうか。僕は、過去に巻き込まれた事故と父の死にかこつけて、甘えているんじゃないだろうか。自分の意志で進んできた道ではなかったという言い訳は、ただの結果論なのではないか。

——たったこれだけの出来事で潰れるような人間は、どこへ行ったとしても、社会人失格のレッテルを貼られてしまうのではないだろうか。

毎年、脱線事故が起きた日付が近づくと、救い出せなかった父のことを思い出して心が重くなる。だけど、それ以外では、僕はこれまで挫折というものに縁がなかった。せめてもの罪滅ぼしだと思って勉強に精を出したからか、僕の進もうとする道に困難はほとんど立ちはだからなかった。中学受験も、大学受験も、医学部の試験も、父に教えてもらった方法論で難なくこなすことができた。

もともと一人で勉強したり本を読んだりするほうが好きだったから、たぶん、向いていたのだ。あまり遊んでこなかったせいで、深い付き合いをするような友人はいなかったけれど、別に何の問題もなかった。

だからこそ、だったのだと思う。

この歳になって初めて壁にぶつかった僕は、壁の乗り越え方も、避け方も、穴の開け方も、一つとして知らなかった。それを教えてくれる同世代の仲間もいなかった。

考えれば考えるほど、悪循環に陥った。僕は、自分自身に恐怖し、失望した。

自分の行く末にも興味を持てなくなった。自分のプライドのためにエネルギーを消耗するのも、意味がないことのように思えた。

そうして、実習に行かなくなってから丸四か月が経ったあの日――僕は久しぶりに、大学へと向かった。

前の晩に書いた遺書の下書きと、筆記用具と、清書用のノートを持って。それだけだと異様なほど軽くて鞄が飛んでいってしまいそうだったから、国家試験対策用の参考書も一緒に詰め込んで。

屋上に着き、靴を脱いだ。

その靴を、鞄のそばに揃えて置いた。

分厚い参考書を下敷き代わりに広げた。

新品のノートを取り出して、下書きの文章を書き写した。

ノートを鞄に戻し、チャックを閉じた。

手元に残った下書きの紙を、ゆっくりと読み返した。

風に煽られて、ノートの切れ端が飛んでいった。

ごろりと寝転んだ。

もういいかな――、と思えた。

屋上を囲うフェンスへと、ゆっくりと歩いていった。

空を見上げ、金網の上部に手をかけた。

そして。

後ろで、軽い足音と、鈴の鳴るような声がした。

さやこは、どれくらいの間、僕のことを観察していたのだろう。さっき話していたように、本当にたった半日の出来事だったのだとしたら、それは奇跡と呼んでもいいような巡り合わせだったのだと思う。

「今はもう、死にたいとは思ってないよ」

僕は床に膝をつき、椅子に座っているさやこと視線の高さを合わせた。潤んでいるその目を覗き込み、「だから大丈夫」と頷く。

「本当に？」

　さやこの声にはまだ不安が残っていた。さっき僕が屋上のフェンスへと寄っていったときに、慌てた様子で追いかけてきてシャツの裾をぎゅっと引っ張られた、その感触を思い出す。

「うん。さやこのおかげだ」

　もう一度強調すると、強張っていたさやこの表情が次第に緩んでいった。

　その顔を見て安心する。強くなってきた胸の痛みをこらえながら、僕は引き裂かれるような思いで「ありがとう」と口にした。

「出会ってから今まで、さやこはずっと、僕を助け出そうとしてくれてたんだよね」

　覚悟を決め、足元の床を見つめる。この続きを言うのが怖くて、僕の拳は小刻みに震えていた。

「もし、そのためだけに、ずっと無理していたのなら――もう、僕のそばにいるのをやめてもいいんだよ」

「何言ってるんですか」

　怒ったような声が聞こえ、僕は顔を上げた。さやこの唇はへの字になって、さっきよりもたくさんの涙が両目からぽろぽろとこぼれていた。「なんで泣くんだよ」と驚いて声をかけると、「当たり前じゃないですか」とさやこはしゃくりあげながら言った。

「どうして、そんな悲しいことを言えるんですか。私が、ずっとどういう気持ちでいたと思ってるんですか。名前は嘘です。将来の夢も嘘です。右腕が動かない理由も嘘です。だけど、全部が全部、嘘なわけがないじゃないですか」

　さやこはワンピースの裾をぎゅっとつかみ、真っ赤な顔で語りかけてきた。僕はさやこの剣幕に押され、彼女の顔を凝視したまま固まっていた。

「もちろん、最初は無我夢中でしたよ。やっと見つけた恩人の後ろ姿をこっそり見ていただけなのに、靴を脱いで揃えたり、ぼんやり遠くを見ていたりするから、おかしいなとは感じていたんです。まさか、と思っていたら、あの文章が書かれた紙が風で飛んできて。目を通してから顔を上げたら、もう、時田さんはふらふらとフェンスのほうに向かって裸足で歩き出していて。そんなの、止めるしかないじゃないですか。怖いじゃないですか。だから、何も考えずに飛び出しちゃって、声をかけちゃって。『そこでずっと見てました』なんて言えるわけがないから、キャンパス見学に来たふりをして」

　一度話し出すと、止まらなくなってしまったようだった。

「私がその場を離れたら、また同じことをしようとするかもしれない。だから、無理やり理由を作って屋上から連れ出しました。それでも足りない気がしたから、家庭教師をお願いして、次の日も会う約束を取り付けました。目を離した隙に時田さんが死んじゃうんじゃないかと怖くて、そのまた次の日の分の約束もしました。やらなきゃいけないことがある限り、時田さんは、死のうとはしないはずだから。そう自分に言い聞かせていました」

　思い返せば、それは分かりやすい行動だった。

　さやこは、次から次へと僕に「宿題」を与えてきた。道を教えてください。家庭教師をしてください。明日も勉強を教えてください。明日は春日部に来てください。三日後にまたピアノカフェに行きましょう。閉じこもっていないで、外に出ましょう。

　あの屋上で、左手にキャンパスマップを持って僕のところへ駆け寄ってきたときから、さやこはずっと頑張り続けていたのだ。

　――僕を死なせないために。僕に、生きる目的を持たせるために。

「私の命を助けてくれた人に、どんな理由であれ、簡単に命を投げ出してほしくはなかったんです。もっと自分を大切にしてほしい、と思いました。それに――」

　さやこは一瞬口ごもってから、ためらうように言葉を続けた。

「――だんだん、気持ちが変わってきたんです。時田さんは、こんなに勉強が苦手な私でも分かりやすいように、優しく丁寧に、難しい内容を噛み砕いて教えてくれました。図書館で本を落としかけてしまったときにも、驚いた顔をして駆け寄ってきて、すぐに助けてくれました。右腕の障害のことを話しても、変に詮索（せんさく）したり、急に謝ってきたりすることなく、それまで通りに接してくれました。キャンパスの中を歩きながら喋っているときにも、物静かで頭が良い人だってことはよく分かりました。あと、私がここに来てピアノを弾き始めたときは、目を丸くして聴き入ってくれて、それまでに見たことがないくらい興奮した顔をして喜んでくれました」

いつの間にか、惹かれていたんです——と、さやこは再び言った。

「時田さんに見守られながらピアノを弾くと、心が安らぎました。何の曲をどんなふうに弾いたら、どういう反応が返ってくるんだろう。そういうことを想像して、いろいろ試してみるのが楽しみになりました。最初は時田さんを屋上から遠ざけようっていう一心で誘っていたはずだったのに、気がついたら、私自身が待ち焦がれるようになっていたんです。時田さんと会って、お喋りをして、何でもない時間を過ごすことを。……だからこそ、複雑に感じてもいました。会えば会うほど、私がつかなきゃいけない嘘が、どんどん増えていってしまうからです」

そこでさやこは、僕に真実を告げることを思い立った。これくらい仲良くなっていれば、僕も素直に話を聞いてくれるはずだ、という判断だった。

ちょうど、脱線事故から丸十二年という日付が近づいていた。その日に、さやこは僕と会うことにした。一緒に過ごしていれば、ニュース番組や新聞記事が嫌でも目に入って、その話になるだろう。そのときに、僕の反応を窺いながら、タイミングを見計らって本当のことを話そう。そんな計画を頭の中で練っていた。

だけど、その日の朝、僕はさやこと会うことを拒否した。さやこの元には、『ごめん、今日は無理そう』という、たった一行のメッセージだけが届いた。

「見た瞬間、血の気が引きました。日にちが日にちですから、脱線事故のことを思い出して暗い気持ちになっているんじゃないか、ってことはすぐに分かりました。もしかして今日、時田さんは、私との予定を断って、また自殺しようとしているのかもしれない。そう思ったら、いてもたってもいられませんでした」

「だから、横浜までやってきたんだね。それで、僕を無理やり家から連れ出した」

「そうです」さやこは強調するように言い返した。「本当に怖かったんです。いくら電話してもメッセージを送っても、全然反応がなくて。だから、電話が繋がったとき、本当に安心したんですよ」

あのとき、さやこが妙に怒っていたのを思い出す。それも、無理はない話だった。僕が連絡を絶っている間、さやこがどんなに不安で苦しい思いをしていたか、想像するだけで申し訳ない気持ちになる。

「会ってからも、まだ気は抜けませんでした。どこに行きたいか聞いたら、ひょっとして自殺願望があるのかな、って場所ばかり時田さんが挙げるから。東京タワーとか、スカイツリーとか、海とか、水族館とか」

「えっ」僕は慌てて左右に手を振った。「それは考えすぎだよ。全然、他意はなかった」

まさか、さやこがそんなふうに捉えていたとは思わなかった。東京、神奈川あたりのデートスポットを単純に列挙（れっきょ）したつもりだったのだけれど、図らずも、火に油を注ぐ形になっていたらしい。横浜駅で会ったさやこがどんどん不機嫌になっていったのは、そのせいだったのだ。

さやこが僕から目を逸らした。「とにかく」と先を続ける。

「相洋台駅に行こうと言われたときは、本当に驚きました。私にとっても、つらい思い出の場所でしたから。あの事故以来、訪れるのは初めてでした。ドキドキしているのを頑張って隠しながら、時田さんについていきました」

そこで僕が話したことは、さやこに多大な衝撃を与えた。病院実習に行けなくなった理由が、間接的に、相洋台駅で十二年前に起こった脱線事故にあること。僕が今も、事故の「後遺症」に苦しめられていること。

すなわち、それこそが僕が自殺しようとしていた大本の原因であるということを、さやこはそこで初めて知った。

「そのことを知って、本当のことを言い出せなくなってしまいました。ここで素性を明かしたら、ただでさえ苦しんでいる時田さんに、さらに複雑な思いをさせてしまうわけですから。ああ、隠したままでいなきゃいけないんだな――って、思ったんです」

「ごめんよ」

僕の謝罪に、さやこは直接応えなかった。涙を目尻に滲ませたまま、困ったような微笑みを浮かべた。

「駅からの帰り道、時田さんは、私のことを好きだって言ってくれましたよね。本当に、言葉では言い表せないくらい、嬉しかったんです。時田さんも私と同じ気持ちでいてくれたんだと知って、思わず泣きそうになってしまいました。横浜駅で別れた後も、ずっと舞い上がっていました。――でも」

さやこは目を伏せて、「どうすればいいか、分からなくなっちゃったんです」と声を震わせた。

「時田さんと、恋人としてメッセージのやりとりをしたり、会ってお話をしたりするのは、本当に楽しかった。でも、そうして親密な時間を過ごしているうちに、嘘の数はどんどん膨れ上がっていきました。こんなにたくさんの嘘と秘密を抱えている私に、時田さんと一緒にいる資格があるのかな――って、急に不安になってきたんです。屋上の扉の陰から時田さんの姿を見ていたときは、こういう仲になるつもりじゃなかったのに。遠くから観察しているだけで、満足していたのに」

力なく、さやこが首を左右に振った。

「……もう、どこで止めたらいいのかも分からなくなっていました。時田さんがまた落ち込んでしまうのが怖いから、私が何者なのかも言えないし。学校の先生になりたくて時田さんと同じ大学の教育学部に入ろうとしてるって嘘をついてしまったから、本当はピアニストを目指してるってことも今さら言い出せないし。左手だけで真っ向勝負しようとして何度も挫けそうになっていることも、両親がその夢を応援してくれていて家の手伝いよりピアノを優先させてくれることも、それを申し訳なく思っていることも……そんな中、初めて全クラの本選に出場できることになったことも、それがものすごく嬉しかったことも、でも本当は全然余裕がなくて、練習の時間を作らないと絶対に間に合わないことも――」

さやこは声を詰まらせ、「一つも、話せなくって」と絞り出すように言った。

コンクールの結果が良かったとしても一緒に喜ぶことはできない。落ちてしまっても、その悔しささえ伝えられない。

「そう考えたら、もう、耐えられなくなっちゃったんです」

さやこは頭を垂れ、肩を震わせた。

「このまま会い続けていたら、おかしくなってしまいそうでした。好きなのに、何も言えないんです。ずっと一緒にいたいのに、どんどん笑えなくなっていくんです。時田さんに、こんな状態の私を見せたくありませんでした」

いつまで嘘をつき続ければいいのかな。

嘘をつくのをやめたら時田さんは私のことをどう思うかな。

がっかりされるかな。

怒るかな。

嫌な気持ちになるかな。

本当のことを言った後も、今までどおりに接してくれるかな。

気まずくなって、離れていったりしないかな。

私のこと、許してくれるかな。

「って、私、ずっと――」

さやこの声は、再び涙声になっていた。

僕は立ち上がり、さやこの肩に手をのせた。そして、彼女の頭を抱き寄せた。

「許さないわけないだろ」――と、さやこ以外の誰にも聞こえないように呟く。

後ろの楽器の音が少し小さくなった気がしたけれど、もはや関係なかった。涙に濡れた彼女の顔が、僕のシャツに触れた。お腹のあたりがじわりと熱くなった。

さやこと出会ってから今までの出来事を、一つ一つ思い返す。

彼女は、いつも笑っていた。屋上で会ったときも。図書館に行ったときも。初めてここでピアノを聴かせてくれたときも。マスターに僕を紹介してくれたときも。和菓子の包みをくれたときも。バス停で僕を見送るときも。相洋台駅で花束を買ってきてくれたときだって、涙を浮かべながら、健気に微笑んでいた。

その笑顔は、どこから来ていたのだろう。彼女の本心だったのか。それとも、僕を元気づけようとする一心で浮かべていたものだったのか。

いずれにせよ、一つ言えることがある。

――僕はその笑顔が見たくて、もう少しだけ、生きてみようと思ったのだ。

その「もう少しだけ」が、いくつもいくつも重なっていった。そして僕はとうとう、あの屋上から生還を果たした。

さやこがいなければ、僕は今、ここにはいない。

僕のシャツに顔をうずめているさやこに向かって、そっと囁いた。

「もういいよ、嘘は」

「これからは、本当のことだけを言って」

僕のお腹のあたりから、小さな啜り泣きと、「うん」というくぐもった返事が聞こえた。彼女の左手が伸びてきて、くしゃりと、僕の白いシャツをつかむ。

――ごめんよ、今まで気づいてあげられなくて。

もう一度、彼女の肩に手を回し、強く抱き締めた。

今度こそ、彼女は、心から泣いた。

『はい、カフェピアニッシモ、門沢です』

あの、と喋りかけると、『ご予約ですか？』というマスターの明るい声が聞こえてきた。

「あ、そうじゃなくて。時田です」

名乗った途端、『ああ！』と大きな声がした。思わず携帯を耳から遠ざける。

『どうした？　さやこなら、今日は来てないよ』

「分かってます。これから会う約束をしてますから」

『なんだ、羨ましい』

「今、時間あります？」

そう訊くと、『ん、まあお客さんはいるっちゃいるけどさ』とわざわざ強調するような答えが返ってきた。

「忙しいなら、また今度にしますけど」

『いいよいいよ。〝荒城絢乃〟の件だろ』

「……聞きました？」

『その日に報告されたよ。時田くんに全部バレちゃった、ってね』

でもあいつ、なんだかほっとした感じだったよ——とマスターが笑って言った。

練習ホールでさやこの渾身のラヴェルを聴いた日から、一週間が経っていた。大学の最寄り駅で反対方面のホームへと消えていく彼女を見送って以来、まだ顔は合わせていない。

『やっと肩の荷が下りたよ。秘密に付き合わされて、大変だったんだ。名前だけならまだしも、コンクールに出場していることも絶対に言うなって口止めされてさ。そのくせピアノは君の前でも堂々と弾くもんだから、ついポロッと話してしまいそうでヒヤヒヤしたんだ』

「やっぱり、マスターが全面協力してたんですね」

『申し訳ないね。さやこはよく人を振り回すとか、強引な性格だとか言ったけど、全部嘘なんだ。あいつ、本当は、初対面の男にがんがん話しかけに行けるような性格じゃないんだよ。好きな男の子がいても、遠くから見守っているようなタイプでな。昔から、なんだか引っ込み思案で、常に周囲を窺っているようなところがある子だった。まあそれでいて芯は強いから、そういうところが俺は好きなんだけどね』

電話をかけたのは僕なのに、マスターのほうこそ僕に話したいことがたくさんあるようだった。

『さやこが全国クラシックピアノコンクールの予選を突破したって話、聞いたろ？　あれ、まじで快挙なんだよ。日本音楽界の一部をざわつかせるくらいの効果はあったはずだ。だって、椅子を右に寄せたりペダルを左足で踏んだりする、常識破りの片手ピアノが、日本トップレベルの正統派コンクールで認められたんだぜ。予選とはいえ、とんでもないことだよ』

マスターは興奮した口調でまくしたてた。

全曲自由曲制と言っても、楽譜が存在するクラシック曲に限られる。そういう意味で、やはり左手のためのピアノ曲は数が少なく、そのぶん選曲も難しい。今回のコンクールでさやこが弾いたのは、スクリャービン『左手のための2つの小品』、リパッティ『左手のためのソナチネ』、それからラヴェル『左手のためのピアノ協奏曲』からラストのカデンツァの抜粋。中でも、ラヴェルのピアノ協奏曲には練習量で自信があり、予選・本選ともに最終曲として演奏した。

『ああ、曲名を並べても分からないか』

電話の向こうで、マスターが照れたように笑った。

『まあとにかく、すごいことなんだよ。左手のピアニストっていうのは日本にも何人かいるけど、大抵は、プロのピアニストになってから何らかの事情で右腕の機能を失っている人たちなんだ。脳梗塞（のうこうそく）とか、ジストニアとかね。だから、小学生の頃に右手が使えなくなったのにもかかわらず、左手だけで練習を重ねて、登竜門のコンクールをこうやって正面突破しようとしている人物がいるというのは、日本クラシック音楽界にとっても驚くべきことなんだ。師匠として、誇らしいよ』

マスターの言葉を聞きながら、僕はベッドから立ち上がり、ベランダへ続く窓のほうへと歩いた。そのまま、窓を開けて外へ出る。

思ったよりも空気が涼しかった。まだ午後も早い時間だからシャツの袖口がひんやりするくらいだけど、帰ってくる頃にはカーディガンが必要になっていそうだ。

ふと見ると、隣の家の庭で、イロハモミジの木がほんの少し色づき始めていた。真っ赤になるのは一か月くらい先だろうけど、秋の深まりを感じるには十分だった。

「あの」

聞きたかったことを切り出す。

「小学三年生のときのさやこって、どんな感じだったんですか」

『それは、脱線事故に遭ったとき、ってこと？』

「はい」

頷いて耳を澄ますと、うーん、という考え込むような声が聞こえてきた。

『正確に言うと、俺は直後の状態を知らないんだ。さやこがあの家に引っ越してきたのは、脱線事故の二か月後くらいだったからね。都内の有名和菓子店で働いてたらしいさやこの親父さんが、自分の店をオープンしたのもそのときだ。俺もこのカフェを始めたばっかだったのに、すぐ近くにああいう店ができたもんだから戦々恐々としたんだよ。ま、今ではむしろ和菓子を卸してもらってお客さんに出したりもしてるし、持ちつ持たれつだけどな』

で、肝心の絢乃さんだけど——と、マスターはあえて彼女を本名で呼んだ。

『やっぱり、つらかったみたいだよ。初めて両親に連れられてうちの店に来たときも、何の前触れもなく泣き出したりして、両親を困らせてたな。精神的に不安定な状態が続いていたんだろう。でも、設置したばかりだった真新しいグランドピアノが目に入った瞬間、急に泣き止んで、〝弾いていい?〟って尋ねてきたんだ。驚いたよ。右腕が動かないんだろうなっていうのは食事風景を見ていて明らかだったからね。俺だけじゃなく、さやこの両親も目を丸くしてた』

「それで——さやこは、すぐに弾くことができたんですか?」

『いやいや、もう全然。事故の前までピアノは習ってたみたいだけど、もともと利き腕でもないんだから上手に弾けるはずがない。それがもどかしかったのか、途中でまたわんわん泣き出しちゃってさ。どうにもならなくなって、両親は申し訳なさそうに娘を家に連れて帰ったんだ。しかし、彼女は諦めなかったんだな。次の日も、そのまた次の日も、毎日俺のところにやってきては、左手だけでピアノを弾くようになった。思うように弾けないとすぐ泣くくせしてさ、いっちょまえに〝ピアノを教えてください〟なんて言い出すもんだからたまげたよ』

「それだけ、ピアノが好きだったんですね」

『さあな。新しい場所に引っ越して、なかなか友達もできなくて、寂しかったんじゃないか。でもまあ、あののめり込みようはすごかったね』マスターは懐かしそうに言った。『音井響子のピアノにさやこが惚れ込んだのも、あの頃だったな。俺がたまに店でCDをかけててさ。そしたらすぐにファンになって。その影響で〝私も演奏名が欲しい〟なんて騒ぐから、一緒に考えたんだよ。ちなみに、さやこ、っていうのは俺が考えた。本名の絢乃って響きからあまり離れすぎず、かつ音井響子からも一音もらうって感じでね。ま、フィーリングだ。可愛い名前だろ』

マスターの自慢げな口調がまるで父親みたいで、僕は思わず笑ってしまった。『あ、笑ったな』とマスターが気色ばむ。

「じゃあ、苗字は？」

『そっちはさやこが考えた。両親と相談して決めたとか言ってたかな。清家さやこ。バランスの取れた、いい名前だよな。……あ、いや、ほら、もちろん本名も素敵なんだけどさ、自分がつけた名前だと思い入れがあるだろ？　最初は半分ふざけて呼んでたんだけど、いつの間にか俺の中で定着しちゃってさ』

「どうしたんですか、まるで言い訳するみたいに」

『違うって。事実に沿って、今までの経緯を話してるだけだよ』

　本当に面白い人だ。ピアノを教えているうちに、毎日訪ねてくるさやこが可愛くて仕方なくなってしまったのだろう。マスターは独身みたいだけれど、もしこれから結婚して家庭を持つことがあれば、いいパパになりそうだ。

『それからのさやこの上達は目覚ましかった。俺は決して、左手ピアノの専門家じゃない。それどころか、両手ピアノでもプロになりきれなかった器だ。それなのにさやこがここまで成長したのは、彼女自身の筋の良さとセンス、かけた時間と情熱、それからあの性格によるものなんだろうね。音楽っていうのは、演奏者の心を映し出す鏡なんだ。自信のある人は、堂々とした演奏をする。神経質な人は、細々とした演奏をする。優しく思いやりのある人は、音がベルベットのようにふかふかとした、柔らかい演奏をする』

　さやこの演奏技術は並大抵のもんじゃない——と、マスターは言葉に力を込めた。

『今ってさ、音楽家には厳しい時代なんだよ。東京文化会館やサントリーホールでの演奏みたいな大きな仕事の依頼ばかりガンガン来て、生徒に教えることもせずに演奏だけで生活しているピアニストなんていうのは、日本に十人もいない。だけど、昔よりも、多様性が認められる時代にはなってきている。つまりさやこにとっては、これからがチャンスなんだ。それに何より、さやこのピアノには力がある。派手すぎないけど華もある。いつまでも聴いていて飽きないし、むしろ曲が終わったときにこっちが寂しくなるくらい、聴いている人間に寄り添ってくるんだ。あの表現の幅は、真似しようと思っても簡単にできることじゃないよ。あいつのそういう魅力は、クラシック音楽の愛好家にも、もちろんそうでない人にも、いつかきっと届くと俺は信じてる』

マスターの言うとおりだ、と思う。

片手で弾いているから惹きつけられるのではない。過酷な運命を克服したからといって、それだけで曲が心に響くとは限らない。清家さやこの音——荒城絢乃という一人の女性が紡ぎ出すピアノの音だからこそ、いつまでも聴いていたくなるのだ。

僕は、音楽のことがよく分からない。でも、そんな僕の心さえもこれほど動かすのだから、彼女のピアノには、きっととてつもないエネルギーが詰まっているのだろう。それは、他でもない彼女自身の個性であり、これから夢に向かって羽ばたいていくための動力源だ。

『で、なんで電話かけてきたんだっけ？』

今更のようにマスターが尋ねてきた。

「今みたいな話を、一度マスターの口から聞いておきたかったんですよ」

『そうか』マスターが感慨深げに呟いた。『俺らも、なかなか腹割って話せてなかったからな。さやこがいると、どうしてもあのペースに持っていかれるし。ああ見えて負けず嫌いだから、この間の全クラ本選で落選した話は積極的にしないだろうし。あとは、小さい頃の苦労話も自分からはしないだろうなあ』

「はい、そういうことです」

一瞬の間の後に、マスターと僕は声を揃えて笑った。

「じゃあ、そろそろ失礼します。マスター、あの――」

『ん？』

「明日、頑張ってください。さやこと一緒に観にいくので」

『え、来るの？　俺の本選？』マスターが素っ頓狂な声を上げた。『それは気合い入れないとな。さやこだけじゃなく、俺のピアノにも惚れ込んでもらえるように』

「楽しみにしてます」

じゃ、と言って電話を切ろうとしたとき、『あ、ちょっと』とマスターの声が聞こえ、もう一度携帯を耳に押しつけた。

『そっちもいろいろあるだろうけどさ、頑張っていこうぜ』

その言葉を聞いて、ふっと口から息が漏れる。

ありがとうございます――と頭を下げて、電話を切った。

壁の時計を見ると、もう十三時近かった。急いで、床に置いてあった鞄を持ち上げる。

そろそろ駅に向かったほうがいい。さやこと待ち合わせているのは十六時だから、まだあと三時間以上あるけれど、その前にやることがあった。

自室を出て、階段を下りていくと、リビングの物音が耳に入った。僕がマスターと電話をしている間に、母が昼食を食べに帰宅していたようだった。午前と午後の診療の間に帰ってこられるくらい、母の職場はすぐ近くだ。実習に行っていない事実を隠している間、僕が毎日外で暇を潰さなければならなかったのは、こういうわけだった。

今までなら、抜き足差し足で廊下を歩き、そのまま家を出てしまっていた。ただ、なんとなく、今日は足がリビングへと向いた。

ドアを開けて入っていくと、母がぎょっとした目でこちらを見た。

「え、何、習も食べたいの？」

どうやら、僕がこの部屋に足を踏み入れるのはお腹が空いているときだけだと決めつけているらしい。僕は思わず苦笑して、「違うよ」と首を横に振った。

「あの……お願いがあるんだけど」

真面目な顔に戻り、乾麺（かんめん）の袋を持ったまま固まっている母の目を見つめた。

「五年生をやり直させてください」

「……え？」

「今年、時間があるうちにアルバイトをして、来年分の学費は貯めておくつもり。だけど、また実習が始まったら、やっぱり生活費まで捻出するのは難しいと思う。だから、どうしても金銭的に迷惑をかけてしまうことになるんだけど……もう一年やり直すのを、許してもらえますか」

しばらく床を見つめてから、ゆっくりと顔を上げる。母は面食らった顔をしていた。

「今さら何言ってるの。学費と生活費くらい出すに決まってるでしょ。というか、言われなくてももともとその気だったのに」

「ありがとう。あと――」

「ちょっと待って」

言葉を続けようとしたら、母に遮られた。「何？」と訊き返すと、母はためらうように唇を結び、乾麺の袋をダイニングテーブルの上に置いた。

「無理しなくてもいいんだよ。本当は、なりたくなかったんでしょ」

「え、何に？」

「医者に、よ。習は、医者になりたいとは思ってなかったんだよね。薄々、感づいてたんだ。でも、受け入れられなかった。ここまで頑張って育てたんだから、いい学校に入れたんだから、医院の経営だって試行錯誤して続けてきたんだから、って気持ちが先行してた。実習に途中で行けなくなるくらい、習はつらい思いをしてたのに。……悪いことをしたね。もう、お母さんのことは気にしなくていいから。習は、自分の進みたい道を、進んでいってくれればいいよ」

「いや、そうじゃなくて。医者には、なろうと思ってるんだ」

僕が否定すると、母は目を丸くした。母のこういう素直な表情を見るのは、ずいぶんと久しぶりのことのように思えた。

「でも、臨床医じゃなくて――研究医を目指したい」

それは、僕の一大決心だった。

治したい、と思ったのだ。でもそれは、既に治療法が確立されているものではない。再生医療の進歩により、その萌芽は見え始めているけれど、まだ臨床で使えるほど十分とは言えない。

僕がやりたいのは、重度の損傷を受けた神経の、完全な形での機能再建だった。つまり、さやこの右腕を、もう一度自由自在に動かすこと。腕や脚がもう一生動くことはないと告げられ、小学三年生当時のさやこのように何度も涙を流した人たちに、再び希望を与えること。

左手だけでもあれだけ壮大な音楽の世界を描き出すさやこが、今も右腕を必要としているかどうかは分からない。だけど、その機能を取り戻すかどうかの選択肢くらいは、彼女のそばに用意してあげてもいいのではないかと思った。

こんなことを言い出せば、絶対に、母は悲しい顔をする。もしくは、顔を真っ赤にして怒るかもしれない。そう予想して思わず目をつむったのだけれど、僕の耳に届いたのは、「ああ」という優しい嘆息だった。

「安心した。医学部っていう進路は、習にとって、間違いではなかったんだね」

驚いて目を開ける。母の顔には、控えめな笑みが浮かんでいた。

「研究か。そういうの、習に向いてると思う」

小さい頃からそうだった、と母は遠い目をした。

植物や動物の図鑑（ずかん）を、隅から隅まで眺めるのが好きだった。人体の不思議について書かれた子ども向けの漫画を、熱心に何度も読み返していた。算数の問題集を買っておいたら、やれと指示したわけでもないのに、いつの間にか一冊解き終わっていた。アニメや歌番組には見向きもしないのに、最新科学の特集番組や研究者のドキュメンタリーは、テレビの前に座って食い入るように見ていた。

「だから、習なら、どうにかなる気がする。研究医は狭き門だし、一生研究を続けていくというのも本当に大変なことだけど、習ならきっとやれる」

「……いいの？」

「医院をどうするかは、私が働けるだけ働いた後に、考えることにしようかな」

母は軽い調子でそう言うと、わざとらしくキッチンのほうを振り返り、「そろそろ準備しないと午後の診療に間に合わない」と乾麺の袋を開け始めた。

ふふ、と思わず笑ってしまった。この家のリビングで、しかも母と顔を合わせているときにこういう気分になるのなんて、いつぶりだろう。父が死んでからというもの、僕らはいつも、適切な距離を測りかねていたのだ。近寄りすぎたり、離れすぎたり。僕も母も、その調整があまりにも下手だった。

「行ってきます」

「行ってらっしゃい」

久しぶりに、母の声に送り出されるようにして、僕は家を出た。

十六時に、さやこは大学の正門前に現れた。

今日は、秋らしくお洒落をしていた。オフホワイトのニットセーターにえんじ色の膝丈スカート。肩から下げている小ぶりの黒いショルダーバッグは、初めて見るから、もしかしたら買ったばかりかもしれない。いつもとちょっと違うのは、普段下ろしているセミロングの黒髪を、一部後ろで結んでハーフアップにしていることだった。

「いいね。リサイタル仕様？」

歩き出しながら話しかけると、さやこはそわそわと髪の後ろに手をやった。

「髪型くらいは、整えてみようかなって」

「何なら、服もドレスでよかったのに」

「そんな。リサイタルって言っても、お友達二人に聴いていただくだけでしょう？　大げさすぎますよ」

　さやこは左手をひらひらとなびかせた。今まではちょっとだけ右脚を引きずるようにしていたけれど、今日はまっすぐ歩いている。いくつもの嘘から解放された彼女は、いつにも増して、キラキラと楽しげな光を放っていた。

　これから弾く予定の曲について喋りながら歩いていると、すぐに第二部室棟に着いた。大きな螺旋階段を三階まで上がる。歩を進めるにつれて、聞き覚えのある声が近づいてきた。

「お、時田。待ってたぜ」

　練習ホールへと続く扉の前で、吉野が片手を上げた。その隣で、階段に座り込んでいた岸川が立ち上がる。

「噂の、清家さやこさん？」吉野がおどけた調子で、後ろから階段を上がってきたさやこへと左手を差し出した。「俺、吉野治樹。時田とは医学部の同期なんだ」

「ああ、吉野さん。話は聞いてました」

　さやこがぱっと顔を輝かせ、左手を差し出して握手する。

「今日はわざわざありがとう。すっげえピアノが上手いって触れ込みだから、楽しみにしてた」

「ええっ、ハードル上げないでくださいよ」

咎めるような目で、さやこがこちらを見る。「まあまあ」といなすと、さやこはほんの少し頰を膨らませ、今度は岸川のほうへと向き直った。

——これくらいのハードル、簡単に飛び越えてくるくせに。

さやこに、自覚はないのかもしれない。同じように握手をしている岸川とさやこを眺めながら、そんなことを考える。

「実習中で、お忙しかったんじゃないですか？」

「いや、今日は吉野も俺も、泌尿器科での実習の最終日でさ。午前にレポート発表をやって、それで終わりだったんだ。長引いたら嫌だから夕方にしてもらったんだけど、むしろ時間を持て余したよ」

「ああ、それならよかったです」

さやこは安心したように胸に手を当てた。それから唐突に、「時田さんをよろしくお願いします」と頭を下げる。

「何それ、むしろこっちの台詞じゃね？」吉野が豪快に笑う。

「なんだか、素敵なお友達だなあって感動しちゃって」とさやこ。

「というかさ、彼氏のこと苗字で呼んでるの？　せめて名前にしたほうが」岸川が物珍しげな目で、さやこと僕を交互に見る。

「うーん、じゃあ、呼んじゃいます？」さやこがちょっとだけ悪戯っぽい目をして、僕の腕をつついてきた。「習くん、って」

　思わずドキリとしたのが、顔に出てしまったようだった。「うわ、時田のやつ照れてるぞ」と吉野が腹を抱えて笑い、岸川もつられて笑い出した。僕は慌てて首を横に振り、「ほら、始めるなら早く始めようよ」と二人を急かした。

　第二部室棟の練習ホールを貸し切り予約してくれたのは、吉野だった。僕はここのホールに時間貸しの仕組みがあること自体知らなかったのだけれど、さすがにアカペラ同好会の主力メンバーは詳しい。僕がさやこのプチ・リサイタルの話を二人に持ちかけたとき、「夕方以降なら三十分単位で予約できるよ」とすぐに学生支援課の窓口に走って申請してきてくれたのだ。そういうわけで、今日はここで、さやこのピアノリサイタルを行うことになっていた。

「じゃ、俺ら、先入って準備してるから。さやこちゃんは、三分経ったら、時田と一緒に入ってきて」

　はーい、と声を揃えると、吉野と岸川は顔を見合わせて、練習ホールに続く扉を細く開けて中へと滑り込んでいった。

「準備って、何でしょう」

「ビデオカメラとかじゃない？」

「え、撮影するんですか」さやこは目を丸くした。「ミスタッチしないように気をつけないと。緊張しそう」

「リラックス、リラックス」

さやこは眉尻を下げたまま階段の手すりに寄っていって、その上で左手の指を動かし始めた。今日弾く曲目の最終確認をしているらしい。しばらくの間、僕は彼女の滑らかに動く五本の指に魅入られていた。

「あのさ、一ついい?」

「何ですか」

「さやこが本選で負けた理由、分かったかもしれない」

「え?」

さやこが指の動きを止めて、こちらを振り返った。その勢いで、結んだ黒髪がさらりと揺れる。

「さやこの長所はね、笑顔なんだ。ピアノを演奏するとき、さやこは大抵、楽しそうに笑ってる。見ているこっちがつられてしまうくらい、素敵な表情をしているんだよ。でも、この間ここでラヴェルの『左手のためのピアノ協奏曲』を弾いたときは、額にしわを寄せて、なんだか苦しそうにピアノを弾いてた。あの曲の場合、その表現方法は一つの正解かもしれないけど、必ずしも最適解ではないんだと思う。だって、曲の後半、さやこが自然と明るい表情になってからは、それまで以上に曲全体が躍動して聴こえたんだ。暗い曲調に変わりはないのに、すごく不思議だったんだよ」

　音楽のことをよく知らないくせして偉そうに――と思われても仕方がない。だけど、これだけは伝えておきたかった。

「さやこがどんな曲を弾いていても、そこには君の演奏に耳を傾けているお客さんがいるんだ。それから、彼らが君からもらおうとしているのは、明日を生きることに繋がる勇気や希望だったりする。これだけは、忘れないでいてほしいんだ」

　さやこは少し考えてから、だんだんと何かに気づいたような表情になり、こくりと頷いた。その頰には、ほんのりと赤みが差していた。

「すごくいいアドバイス、ありがとう」

　一瞬、彼女の目が潤んだように見えた。覗き込もうとすると、さやこはぱっと顔を背けてしまった。

「さて、そろそろ三分かな」

　腕時計を見て、彼女の肩にそっと手をのせる。

「行こうか」

「はい」

　僕はドアノブに手をかけて、大きく扉を開け放した。

その途端、大きな拍手が鳴り響いた。

足を踏み入れて、少し驚いた。中に並べておいた椅子が、満席になっていたからだ。二十脚は並べたはずなのに、吉野の集客力は凄まじい。同じポリクリ班のメンバーは全員来ると言っていたけれど、これだけの人数を集めたということは、医学部の後輩や所属サークルのメンバーにも声をかけたのだろう。

くるりと振り向いて、部屋の奥に据えられたグランドピアノを指し示した。いつもより手前に引き出して、ピアノの屋根と呼ばれる蓋の部分も大きく開けてある。十四時に三人でここに集合して、あらかた準備を整えておいたのだった。

さやこは、二十人の視線と盛大な拍手を浴びながら、扉の前で硬直していた。左手を口に当て、キョロキョロとホールの中を見回している。

「嘘」さやこがようやく、よろけるようにこちらに近づいてきた。「何ですか、これ。どうしてこんなにたくさん人がいるんですか」

「吉野はね、顔が広いんだよ」

「医学部の人？」

「大半は、そうかな」

「ってことは、習くんのお友達でもあるんだね」

さやこが頬を緩ませる。その新しい呼び名が、無性にくすぐったかった。

「さ、行っておいで」

そう送り出すと、さやこは「はい」ととびっきりの笑顔を作り、前方のステージへと駆け出していった。

「こんなに、よく集まったね」

ビデオカメラの位置を調整している吉野を横目に、そばに立っていた岸川へと話しかける。岸川は笑って、吉野の後ろ姿を指さした。

「吉野がさ、『時田が言うんだから間違いない』って、キャンパスですれ違った知り合いに片っ端から声かけたんだよ。『あいつは話を盛らないやつだから』ってさ。ま、さやこちゃんの写真も一緒に見せてたかな。『こんな可愛い子が左手一本で超絶技巧の曲を弾くんだぜ』とかなんとか」

その言葉を聞いて、思わず笑ってしまった。「僕を信頼してくれるのはありがたいけど、写真で勧誘するのはどうなんだ」

「まあまあ、これからピアニストを目指すんだったら、外見も武器にしないと。結局、コンサートっていうのは視覚と聴覚の両方に訴（うった）える芸術なんだからさ」

「ああ、そうか」確かにな、と思う。「プロを目指すっていうのはそういうことなんだろうな」

「何、複雑？」

「そんなことないよ」

慌てて否定したけれど、岸川はにやりと唇の端を上げた。そのとき、「では皆さん」という吉野の改まった声が聞こえ、僕らはステージのほうへと向いた。

「今日は、急、かつ強引なお誘いにもかかわらずお集まりいただきありがとうございます。医学部の同期である時田習くんの繋がりで、未来のピアニスト・清家さやこさんのファースト・リサイタルを、ここ第二部室棟の練習ホールで開催することになりました。さやこちゃん、こんなしょっぼい場所でごめんね」

グランドピアノの脇に立っている吉野が、椅子のそばで落ち着かなげにしているさやこに向かってぱちんと両手を合わせた。その仕草と口調が可笑しくて、観客から笑い声が起きる。

「観客は俺と岸川だけだって聞かされてたからびっくりしてるだろうけど、自然体で弾いてくれればいいので」

吉野は朗らかに言い、「それではどうぞ」とさやこにバトンタッチした。

観客が静まり返った。吉野が一番前の席に腰かけるのを待って、さやこが恐る恐るといった調子で口を開いた。

「こんなにたくさんの方の前で弾かせていただけると思ってなかったので、曲、三つしか用意していないんですけど……最後まで楽しんでいってくれたら嬉しいです。よろしくお願いします」

さやこが頭を下げると、またパチパチと拍手がわき起こった。さやこはそのままピアノ椅子に座り、位置の確認に入った。椅子をちょっとだけ右に動かし、高さを調節する。それから、左足をソステヌートペダルにゆっくりとのせた。

ふわり、とさやこの黒髪が背中に広がった。さやこは天井を見上げ、にこりと微笑んだ。

さやこの左手が、鍵盤の上を軽くなぞった。

優しい単音が、ホールの中に広がる。

曲はゆっくりと始まった。伴奏と主旋律を少しずつずらしながら、さやこの左手が音を送り出していく。ちょっとだけ、ためらうように。聴く人の内面を、その小さな掌でそっと探るように。

僕でもよく知っている、有名なフレーズだった。さっきさやこから今日のプログラムを聞いていなかったとしても、親近感を覚えながら聴くことはできただろう。

ショパンの、ノクターン二番。

小さい子が発表会で弾いたりもするような、定番の曲なんです――と、ここに来る途中、さやこは少しだけ恥ずかしそうに言っていた。

――だけど、私にとっては、決して簡単な曲ではありませんでした。なるべくアレンジは入れずに弾きたいと、意地を張って完成させたんです。違和感なく、聴いていただけたらいいんですけど。

それは彼女らしい、謙遜に満ちた言葉だったのだと思う。次第に音が増えていく演奏を聴きながら、僕の口角は自然と緩んでいた。

誰でも知っている旋律を誰よりも上手く弾くことほど、難しいことはない。それなのに、どうしてさやこの音は、こんなにも僕を浮き立たせるのだろう。何か素晴らしいことが起こりそうだという確信的な予感を、僕に抱かせるのはなぜだろう。

決して簡単な曲ではなかった、とさやこが口にした理由は、だんだんと分かってきた。この曲は、最初から最後まで、伴奏部分が絶えず三拍子を刻んでいる。本来右手で弾くはずのメロディと、左手が専念できるはずの和音を、さやこは左腕一本で奏でなければならないのだった。

だから、さやこの左手は、ゆったりとした曲調とは対照的に、せわしなく鍵盤の上を往復する。ところどころ、テンポが極端に緩んだり、また速くなったりと、工夫された左手の動きに合わせて曲が揺れ動く。左足は何度もペダルを踏み替え、流れる音を止めまいとする。

そんな動きの中でも、さやこの音は繊細な響きを失わなかった。たわやかなフレーズが、聴衆全員を彼女の世界へ、そしてショパンの生きた時代へといざなっていく。

なのだろうか。

どうしてだろう。ピアノを弾くさやこの周囲に、白い光の環が浮かんでいるような気がした。照明のせいだろうか。それとも、僕が勝手にイメージを膨らませているだけなのだろうか。

微笑みを絶やさない彼女の横顔に見とれているうちに、彼女が生み出す単音の主旋律が、だんだんと勢いを増していった。テンポが速くなったわけではないのに、音にこもる情熱が、一段と強まったのが如実に感じられる。

そして、三拍子を刻んでいた伴奏が休止し、さやこが少し身体を右にねじるようにして高音を奏で始めた。彼女の三本指が、目に見えないくらいの速さで、三つの鍵盤を代わる代わる押す。

曲調が元に戻るとすぐ、次第に音がゆっくりになっていった。一見柔らかいけれども、はっきりと意思のこもった三つの和音を最後に、さやこの左手は鍵盤から離れた。

さやこが安心したように頬を緩ませた。椅子に座ったまま観客席のほうを向き、頭を下げる。

すぐに拍手がわき起こった。僕も夢中で手を叩いた。

ちらり、とさやこがこちらを見たような気がした。慌てて目を合わせようとしたけれど、彼女はもうピアノのほうへと向き直っていた。

次の曲は、僕がリクエストしたものだった。「プログラムに入れてほしい」と頼み込んだとき、さやこは一瞬驚いた顔をした後、「私もこの曲がクラシックの中で一番好きなんです」と頬を上気させていた。

――でも、この曲、ものすごく難しいんです。どうして、こんなに音が多いんでしょう。無理なんて思いたくないけど、やっぱり、左手だけじゃ弾けない部分がたくさんあるんですよね。だから、演奏するのは大好きだけど、そのたびに、悔しい思いをするんです。私は、モーツァルトが作曲した、そのままの音を弾きたいのに！　って。

そんな弱音を吐いていたのは僕の夢だったんじゃないかと錯覚するくらい、再びピアノに向かったさやこは、晴れ晴れとした表情をしていた。目をつむり、そっと鍵盤の上に左手をのせる。

さやこが目を開けると同時に、曲はさりげなく始まった。ド、ド、ソ、ソ、ラ、ラ、ソ。僕でも分かるそのメロディに、低めの単音が加わって、いろいろな組み合わせの二つの音が同時に鳴っていく。本当は右手パートと左手パートが明確に分かれているのだろうけど、さやこの場合はそれをほとんど親指と小指だけでこなしていた。

モーツァルトの、きらきら星変奏曲。

曲は、幼稚園児でも弾けそうなくらい簡単なパートから始まった。ペダルさえ踏んでいない。鍵盤の上で片手を弾ませているさやこは、いつになく楽しそうに見えた。耳慣れたきらきら星のフレーズを、一通り弾き終わる。

油断してはいけない。その瞬間、さやこの指が急加速した。

知っているはずの旋律が、細かい高速の音に包み込まれる。光の粒が跳ね飛んでいるかのようだ。さやこの五本の指が、鍵盤の上を滑らかに動き回り、きらきら星という音楽を綺麗に飾り立てていく。

目が回るようなメロディを弾くだけでも絶対に指の数が足りないはずなのに、彼女はフレーズのところどころに、小指や薬指を使って器用に和音を入れていた。その簡潔な音が耳に心地よい。いったいどうやっているのだろう、と気になる暇もなく、彼女が紡ぎ出す音はどんどん先へと進んでいく。

次々と色を変えながら、彼女は幾度も幾度も同じメロディを弾き続けた。

低音を弾いたり、高音を細かく入れたり。

リズムを変えてみたり、元に戻ったり。

ペダルを踏んで音を響かせたり、すぐにやめたり。

鍵盤を強く叩いたり、静かに押さえたり。

テンポを速くしたり、ゆっくりにしたり。

そのたびに、僕らは音の渦に呑み込まれた。

途中で、急に音が少なくなった。曲が急に短調になって、不安げな雰囲気が漂う。だけど、さやこの顔には笑みが浮かんだままでいる。その顔が表すとおり、曲はじきに元のフレーズへと徐々に回帰していき、心に安寧をもたらす。

シンプルでゆったりとした曲調が、観客を無心の境地へと連れていく。音楽に耳を傾けているという自覚さえなくなって、目の前のピアニストが奏でている音を、ただひたすらに身体中で受け止める。

ふと、子どもの頃のことを思い出した。いつのことだろう。父と母と、三人で、フリスビーをしながら遊んでいる。緑色の芝生の上で。遠くまで続く、真っ青な空の下で。

突然、大きな和音とともに曲が加速して、僕の心は練習ホールへと引き戻された。

目まぐるしい旋律がまた始まる。さやこは大きく身体を左右に揺らし、顔を赤くして、笑みをこぼしながら無数の音を宙に送り出していった。

ソステヌートペダルを何度も踏む。

上体を反らす。

左手が鍵盤を駆け上がる。

その手が跳ねる。

――さやこが目指している高みというのは、いったいどこなのだろう。

これほどのエネルギーの行き先がたった二十人だなんて、もったいない。というよりも、こちらが受け止めきれなくなりそうだった。この空間には収まりきらないほどの熱と想いが、さやこの演奏には表れていた。

そして——低音部から高音部へと移っていった指が、最後の和音を盛大に鳴り響かせた。

気がついたときには、僕の両手は拍手を始めていた。間髪を入れずに、残りの観客も手を叩く。最前列の端に座っていた吉野が、両手で口を囲って、「ブラボー」と大きな声で叫んだ。

さやこが、再びこちらに身体を向けた。鳴り響く拍手の中、えんじ色のスカートの上に左手をのせて、律儀にぺこりと頭を下げる。

拍手が鎮まると、さやこはにこりと微笑んで、口を開いた。

「皆さん、本当にありがとうございます」

彼女の声は、少しだけ震えていた。表情は明るいのに、声が泣きそうだった。

さやこがふと、首を伸ばして、窓のほうへと目を向けた。もうそろそろ日の入りが近いようだった。空が、ほんの少し赤く染まり始めている。

「最後の曲は、この季節に合うような曲を選びました。いろんな人の手によって編曲されてきた、日本の名曲です。それを、私なりの音で、届けたいと思います」

さやこはもう一度丁寧に礼をしてから、鍵盤のほうへと身体を向けた。大きく深呼吸をしてから、この瞬間を嚙みしめるように、左手を鍵盤の上に掲げる。

ゆっくりとした前奏が始まった。音が尾を引いて、響きあう。静かな和音が、そっと置かれる。

その和音が消えかけたとき、歌い始めるかのように、さやこが小さく口を開けた。

さやこが再びピアノを弾き始めたとき、ホールの中に、どこからともなく嘆息が漏れた。

——夕焼小焼の　赤とんぼ

——負われて見たのは　いつの日か

そこに歌はないはずなのに、確かに聞こえてきた。

さやこのものでも、誰のものでもない、優しく柔らかい声が。

ずっとさやこのことを見ていたいのに、自然と視線が窓のほうを向く。何の変哲もない、大学のキャンパスから見る夕焼け空だ。その茜(あかね)色が、妙に僕の心に訴えかけてきた。

——山の畑の　桑の実を

——小籠に摘んだは　まぼろしか

どうしてさやこはこの曲を選んだのだろう、と考える。

きっと、この部屋にいる全員が、この曲に何らかの感情を託すことができるからではないか。この曲を歌ったり、聴いたりしたときのことを思い出して、それぞれの過去に思いを馳せることができるからではないか。

さやこが紡ぐ『赤とんぼ』は、時に僕らの知っている旋律を和音とともに送り出し、時に間奏を差し挟みながら、静かに僕らのいる部屋を満たしていった。

その音が、だんだんとドラマチックに盛り上がっていく。いつの間にか、音の数も増え、さやこの左手は滑らかに鍵盤の上を動き回っていた。

主旋律を奏でる親指と人差し指。

その音を下支えする、残りの三本指。

バラバラに見えるその五本の指が、これしかないと確信させるような、ぴったりと調和する和音を、次々とグランドピアノから生み出していった。

――十五で姐(ねえ)やは　嫁(よめ)に行き
――お里のたよりも　絶えはてた
紛れもなく、秋だった。

目の前に、モミジが見える。赤とんぼが飛んでいる。夕日を映し出す山際が、美しい線を作り出す。

それなのに、不思議だった。曲を聴いていると――さやこの音に耳を澄ませていると、僕の頭の中は、どんどん春の光に包まれていくのだ。

なぜか。

それはたぶん、さやこという女性が、春風のような人だからだ。

彼女は、雪の下に埋もれて消えかけていた僕に、生命の息吹を与えてくれた。僕が再び土を突き破って芽を出すことができたのは、彼女のおかげだ。

さやこは、僕にとっては、紛れもなく春だった。

彼女のピアノの音からは、温かみがあふれ出していた。幼い頃、父や母に抱かれたときのぬくもりを思い出す。それでいて、謙虚で涼やかだ。さらさらと小川が流れるように、淀みなく前へと進んでいく。

ピアノの音は、人間性だ。彼女の音は、彼女が乗り越えてきた壁の分だけ、表現の幅がある。考えてきた時間の分だけ、厚みを増している。

――夕焼小焼の　赤とんぼ
――とまっているよ　竿の先
終わってしまうのが嫌だった。だけど、ここが始まりになればいい、とも思う。

今までもずっと頑張ってきた彼女に対して、もし始まりという言葉が失礼なのであれば、再出発と言い換えよう。

今日は、さやこの再出発の日だ。

後奏の最後の一音が消えていった。さやこが左手をふわりと持ち上げ、そのまま上を見上げる。

大きな歓声と、今日最大の拍手がホールを包み込んだ。

僕も懸命に手を叩いた。両手がひりひりするくらい、強い力で打ちつけた。

周りを見回すと、楽器のケースを背負った人たちが増えていて、一緒になって拍手をしていた。近くの部屋で練習していた管弦楽部の人たちや、他の部活の学生までもが、いつの間にか一緒になってさやこの演奏に聴き入っていたようだった。

ぼんやりと椅子に座っていたさやこが、ふと我に返ったように、慌てて椅子から立ち上がった。

ピアノの前に立って、拍手をしている二十人の観客を見渡す。その顔は、これまでに見たことがないくらい、心の底から輝いていた。

「次は絶対、全国大会に行きます！　それで、優勝します！」

さやこが、大きな声で叫ぶ。

彼女はまっすぐに、僕のことを見ていた。僕が大きく頷くと、その瞬間、さやこの両目からぽろぽろと涙がこぼれた。

そのまま、彼女は深々とお辞儀をした。鳴り続ける拍手の音が、いっそう大きくなった。

そんな彼女の姿を見ながら、ぼんやりと考える。

思えば、僕は、彼女に与えられてばかりだった。

これからちょっとずつ、返し始めたっていいはずだ。

だって――今日は、荒城絢乃と僕の、再出発の日なのだから。

# ポストリュード　〜後奏曲〜

荒城藤子様

長い間、お返事を書かずにすみません。

この手紙を書くにあたって、いただいたお手紙をすべて読み返しました。娘さんのお写真も拝見し、微笑ましい気分になりました。僕の写真も同じようにそちらへ送られていると思うと、なんだか恥ずかしいような、くすぐったいような心地がします。

娘さん、本当に素晴らしい方ですね。志望している音大には、絶対に入れると思います。いつか全国クラシックピアノコンクールで優勝して、プロのピアニストになるのも夢ではないでしょう。その日が必ず来ると、僕は確信しています。

僕が絢乃さんと出会ったあの脱線事故は、僕にとって、どうしても思い出したくない過去の出来事でした。そのせいで、僕は今まで、藤子さんからいただく手紙もほとんど読まずにいました。

でも、あの事故で、僕は幸いにして、絢乃さんに左手を残すことができたようです。

あれだけ素敵な音楽を紡ぎ出す、価値ある左手を、です。おこがましい考えかとは思いますが、今回、再会した絢乃さんにそう言われてから、少しは自分に誇りを持てるようになりました。あのとき、父は助けられませんでしたが、僕の行動はあれで良かったのだと思うことができました。絢乃さんには感謝しなければいけません。

ところで、僕にはひとつ、気になることがあります。

このことを申し上げるかどうか迷っていて、一週間ほど続きが書けずにいました。でも、無礼を承知でお尋ねすることにします。どうかご容赦（ようしゃ）ください。

絢乃さんの、本当のお父さんとお母さんは……あの脱線事故で亡くなっているのではないでしょうか？

横倒しになった列車の中で、絢乃さんは、大人の男女の下敷きになっていました。すぐそばに、他に親らしき人はいませんでした。なんとか引きずり出してレスキュー隊のところへ連れて行こうとしたとき、絢乃さんはその場を離れるのを嫌がって泣きました。むしろ、すがりつこうとしていたようにも見えました。倒れていた大人の男女は、二人とも、とてもひどい怪我をしていました。この目で見たことです。たぶん、間違ってはいないと思っています。

藤子さんは、絢乃さんの伯母（おば）（もしくは叔母）さんなのかな、と予想しています。このあいだお会いしたとき、絢乃さんと顔が少し似ているなと思ったので。

春日部に自分の店を出すまで、藤子さんのご主人は、都内の有名和菓子店で働いていたと聞きました。脱線事故の直後というタイミングで独立を決めたのは、当時精神的に不安定だった絢乃さんのそばに、なるべく長くいてあげようと思ったからでしょうか。

新しく開いたお店の名前に、自分の本当の子ではない娘の名前をつけるというのは、なかなかできることではない気がします。きっと、養子として迎え入れられた絢乃さんは、店の看板や暖簾を見るたびに、自分は荒城家の娘であるという自信をつけることができたのではないでしょうか。（たぶん、絢乃さんの旧姓は、「清家」だったのではないかなと考えています。もし違っていたらごめんなさい。）

右腕の機能と実の両親を失いながらも、ここまで明るく絢乃さんが育ってこられたのは、すべて藤子さんとご主人の支えのおかげなのだと思います。

立ち入った話をしてしまいすみません。

でも、今日は、どうしても感謝の気持ちを伝えたくてこの手紙を書きました。

今まで、こんな僕に対してずっと手紙を送ってくださって、ありがとうございます。そうやって見守っていただいたおかげで、僕は前を向いて、自分なりの目標に向かって生きていけそうです。僕ができることは数少ないですが、これから努力を重ねて、いつか絢乃さんや藤子さん、そしてご主人や亡くなった絢乃さんのご両親にも喜んでもらえるような結果を出すべく、医学の道を一歩一歩進んでいこうと思っています。

最後に、僕だけでなく、これから絢乃さんのピアノを聴くことになる人たち全員を代表して、もう一つだけ、感謝の言葉を綴らせてください。

絢乃さんをここまで育ててくれて、本当にありがとうございます。

僕が電車の中で見つけ出し、藤子さんが大切に守ってきた絢乃さんの左手は、これからきっと、多くの人を魅了する音楽を紡いでいくことでしょう。

荒城絢乃さん――清家さやこは、僕たちが守り抜いた、誇るべき左手のピアニストです。

主な参考文献

シュミット村木眞寿美『左手のピアニスト――ゲザ・ズィチから舘野泉へ』河出書房新社（二〇〇八）
舘野泉『命の響　左手のピアニスト、生きる勇気をくれる23の言葉』集英社（二〇一五）
智内威雄『ピアノ、その左手の響き　歴史をつなぐピアニストの挑戦』太郎次郎社エディタス（二〇一六）

# 解説　柔らかく心地よい光

逸木裕

辻堂さんの小説を読むと、柔らかい光の存在を感じる。

スポーツや精神医学、トリッキーな誘拐ものにロボット開発、交換日記を中心に語られるミステリからストーカー探偵（！）と様々な題材を書き分け、暗いテイストの作品も多くものにしているのに、光量の大小はあれど、作品空間の中に柔らかく、くるまれていると心地よい光が必ず差している。

本作は、そんな辻堂ゆめという光源の美しさを、存分に味わえる一作である。

『僕と彼女の左手』は辻堂ゆめさんの第五長編であり、医者への道に挫折（ざせつ）しようとしている医学部生・時田習と、左手でピアノを奏でる少女・清家さやこが惹かれ合っていく恋愛小説だ。

クラシックに詳しくない人は「左手でピアノを奏でる」ってなんだ？　と思われるかもしれない。クラシックの世界には、生まれつきの欠損や後天的な怪我などで右手を失い、左手だけでピアノを弾く〈左手ピアニスト〉という奏者がいるのだ。歴史的な名手も多く、ゲザ・ジチーやパウル・ヴィトゲンシュタイン、現代の巨匠・舘野泉をはじめ、今日も世界中に多くのプレイヤーが存在している。

私は九年前、二〇一一年十二月に舘野さんが弾くラヴェルの「左手のためのピアノ協奏曲」を聴いたことがある（伴奏は東京交響楽団）。これは大変な名演で、コンサートミストレスを務めた大谷康子さんが終演後に感極まって涙ぐむほどだった。ジャズに影響を受けたラヴェルのモダンな感性と、戦争で右手を失ったヴィトゲンシュタインのために書かれたという悲劇性、相反する要素と高度なテクニックが求められる曲を舘野さんは見事に弾きこなし、会場中の喝采を浴びていた。

だが、一方で、わずかな後ろめたさを感じたことも覚えている。

――自分が右手を失ったとして、果たして同じように舞台に立つことができるだろうか？

ピアノは、ときに両手をフルに使っても間に合わないほどの楽器だ。難曲で知られるラフマニノフのピアノ協奏曲第三番では、わずか四十五分ほどの間に三万個以上の音を奏でなければならない。自分がもしピアニストで、キャリアの途中で右手を失ったとしたら、舘野氏のように左手一本で立ち向かうことができるだろうか。

本作の主人公・習も、さやこがピアノを弾こうとする瞬間、同じような疑念を抱く。

なぜ大切な右手を失ったのに、それでもピアノを弾こうとするのか？　そこでさやこは「弾く理由」を語るのだが、これが素晴らしい。「腕が三本ある人がいたら、どんな演奏をするのか」という謎掛けからはじまるくだりは序盤の名シーンで、かつて習と同じ煩悶を抱いた自分にとって、目が開かされる思いだった。辻堂さんが本気で左手ピアニストのことを考え抜いたからこそ、この場面を書けたのだと感じた。

私はこういう場面に、辻堂作品の光を感じる。さやこが何を語ったのかは、ぜひご自分の目で確かめていただきたい。

ただ、本作のミソは、単なる恋愛小説・音楽小説では終わらないところにある。柔らかい筆致で描かれる物語の裏に、巧緻な企みを含んだミステリでもあるのだ。習とさやこの甘酸っぱい恋愛模様や、奏でられる音楽の美しさに心を奪われていると、いつの間にか読者は投げ飛ばされ、ひっくり返されている。最後まで読み、この物語がいかに隅々まで計算され作られたのかに驚くだろう。まさに再読必至である。

辻堂ゆめという作家を語る際に、彼女が卓越した〈騙しのテクニック〉を持っていることを抜きには語れない。

例えば第二長編である『コーイチは、高く飛んだ』を紐解いてみよう。

この作品は、体操の有力選手である結城幸市が世界選手権に挑むスポーツ小説であると同時に、妹の似奈が事故から植物状態になってしまい、その真相を探っていくミステリでもある。

迫真のリアリティを持って描かれる体操競技と、次々と幸市に降りかかる悲劇、薄皮を剝ぎ取るように明らかになっていくミステリパートが渾然一体となり、ページを繰る手が止まらない。これだけでも充分に面白いのだが、終盤に至って明らかになるとある事実に読者は唸らされ、この展開を成立させるために作者が作品内にちりばめた伏線の巧緻さに膝を打つだろう。

鮮やかな大技だけでなく、辻堂さんは多彩な技巧を使える作家だ。非ミステリを目指して書かれた『十の輪をくぐる』ではミステリ的な仕掛けこそ前面に出てこないが、さり気なく配置された謎が読者を引きつけ、感動的な結末へいざなう。かと思うと、『片想い探偵　追掛日菜子』『お騒がせロボット営業部！』のように、よい謎とよい解決をてきぱきと配置し、正統派のミステリをやすやすと組み上げてしまう。

本作においても、辻堂さんのテクニックは十全に発揮されている。

この作品は恋愛小説としての色合いが濃く、あからさまな謎の提示や、観客を集めて探偵が推理をするシーンなどはない。ただ、序盤から醸し出される不穏な感じ、予兆、違和感――言ってみれば謎が形成される前段階の、怪しい香りのようなものがそこかしこに漂っている。

実は単行本での初読時、これは単なる瑕瑾（かきん）なのではないかと思って読んでいた。フィクションを書く難しさは、書き手としてよく知っている。色々と無理をしなければいけないこともあるよなあ——などとわずかに斜に構えて読んでいたのだが、すべての真実が明らかになったとき、これらは瑕瑾どころか、作者が計算ずくで織り込んだ要素だったことが判ったのだ。全くもう、参りましたという感じだ。

さらに素晴らしいのは、辻堂さんはこういったテクニックを、単なる虚仮威（こけおど）しで使っているのではないということだ。隠されていたことが判った瞬間に小説世界がクリアになり、登場人物たちの存在感が強く胸に迫ってくるのである。物語をより豊かなものにするために、ミステリの技法を用いているのだ。このあたりが辻堂ゆめという作家の真骨頂であろう。

では、その技巧を使い、辻堂さんは何を物語ろうとしているのか？

辻堂さんはデビュー以来、「記憶の喪失」というテーマを繰り返し書いている。デビュー作『いなくなった私へ』は、記憶を失った女性が、自らの自殺報道を目にする衝撃的な場面からはじまる。『あなたのいない記憶』では幼馴染みそれぞれの記憶が書き換わる「虚偽記憶」がモチーフとして扱われ、『君の想い出をください、と天使は言った』は謎の男との取り引きで二年間の記憶を失った女性が、なんとか社会復帰しようと奮闘する物語だ。

辻堂さんは荻原浩さんとの対談で、荻原さんの『明日の記憶』を人生のベストワンとして挙げている。これは若年性アルツハイマー病に侵されたサラリーマンの男性が、病気の進行に悩みながらも生きていく姿を描いた名作だ。

どうしようもなく、不可逆的に失われてしまう自己。それを抱えた上で、どのように生きていくのか。『明日の記憶』とはそういう小説であり、これはデビュー以降、辻堂さんが一貫して書いてきた主題でもある。

そういう視点から作品群を眺めてみると、辻堂さんが「自己の喪失」をめぐる物語を書き続けていることが判る。『コーイチは、高く飛んだ』は、妹という自己と不可分な存在を失おうとしている少年の物語。『卒業タイムリミット』は教師の誘拐事件の謎を解く四人の高校生が、隠された共通点に気づき内面と向かい合っていく。『十の輪をくぐる』は、認知症の母が呟いた不明瞭な言葉をめぐり、息子が過去と自分に対峙していく。

『僕と彼女の左手』も「自己の喪失」をめぐる物語だ。

トラウマから医学の道を挫折した習と、右手の機能を失ったさやこ。ふたりとも物語に登場した段階で極めて大切なものを失っているが、交流をし、影響を与え合い、次第に生きかたを定めていく。過去は変えられない。右手も、もう戻ってはこない。それでも新しい生きかたを選びとることはできる。不可逆的な喪失と、どのように向き合っていくのか——辻堂さんはこの大きな主題を、様々な角度から書き続けているのだ。その姿勢が真摯だからこそ、辻堂さんの作品は読むものの胸を打つ。

さて、ここで「それでも演奏する理由」について舘野泉さんが語っている言葉を引いて、解説を終えたい。

『人間、病気や怪我で何かを失うことはあるけれど、経験として積み重ねたものは、何があっても奪われません。僕のピアニストとしての右手は失われてしまいましたが、音楽を生きた時間というものはちゃんと自分の中に堆積している。だから左手で音楽を奏でることができる。そして、自分の演奏能力というものが、まだまだ大きくなっているという実感もある。

僕は右手を奪われたんじゃない。左手の音楽を与えられたのです。』

辻堂さんの作品に差している光は、喪失を抱えた人を優しく包み込む、柔らかい曙光（しょこう）なのかもしれない。

引用：舘野泉『絶望している暇はない〜「左手のピアニスト」の超前向き思考〜』（小学館）

（いつき・ゆう　ミステリ作家）

『僕と彼女の左手』二〇一八年一月　中央公論新社

この作品はフィクションです。実在する人物、団体等とは一切関係ありません。

中公文庫

僕（ぼく）と彼女（かのじょ）の左手（ひだりて）

2021年3月25日　初版発行

著　者　辻堂（つじどう）ゆめ

発行者　松田陽三

発行所　中央公論新社
〒100-8152　東京都千代田区大手町1-7-1
電話　販売 03-5299-1730　編集 03-5299-1890
URL http://www.chuko.co.jp/

ＤＴＰ　ハンズ・ミケ
印　刷　大日本印刷
製　本　大日本印刷


Published by CHUOKORON-SHINSHA, INC.
Printed in Japan　ISBN978-4-12-207047-9 C1193

STORY

特殊清掃員として働く桜庭潤平は、死者の放つ香りを他の匂いに変換する特殊体質になり困っていた。そんな時に出会ったのは、颯爽と白衣を翻し現場に現れたイケメン准教授・風間由人。分析フェチの彼に体質を見抜かれ、強引に助手にスカウトされた潤平は、未解決の殺人現場に連れ出されることになり⁉　分析フェチのイケメン准教授×死の香りを嗅ぎ分ける青年の、新たな化学ミステリ！

中公文庫

# 桐島教授の研究報告書

## テロメアと吸血鬼の謎

喜多喜久

Professor Kirishima's Research Report
Yoshihisa Kita

**先生は今、ただの**

**可愛い女の子なんですよ!**

**犯人は、ちゃんと話を聞いてくれるんですか!?**

**STORY**

拓也が大学で出会った美少女は、日本人女性初のノーベル賞受賞者・桐島教授。彼女は未知のウイルスに感染し、若返り病を発症したという。一方、大学では吸血鬼の噂が広まると同時に拓也の友人が意識不明に。完全免疫を持つと診断された拓也は、まず桐島と吸血鬼の謎を追うことになり!? 〈解説〉佐藤健太郎

イラスト／もか

中公文庫